T0245620

El Acantilado, 470
«TÚ ERES LA TAREA»

FRANZ KAFKA

«TÚ ERES LA TAREA»
AFORISMOS

EDICIÓN, PRÓLOGO
Y COMENTARIOS DE REINER STACH

TRADUCCIÓN DEL ALEMÁN
DE LUIS FERNANDO MORENO CLAROS

BARCELONA 2024   ACANTILADO

TÍTULO ORIGINAL *»Du bist die Aufgabe« Aphorismen*

Publicado por
ACANTILADO
Quaderns Crema, S. A.

Muntaner, 462 - 08006 Barcelona
Tel. 934 144 906
correo@acantilado.es
www.acantilado.es

© de la edición original, 2019 by Wallstein Verlag
© de la edición, comentarios y prólogo, by Reiner Stach
© de la traducción, 2024 by Luis Fernando Moreno Claros
© de esta edición, 2024 by Quaderns Crema, S. A.

Derechos exclusivos de edición en lengua castellana:
Quaderns Crema, S. A.

En la cubierta, Franz Kafka en Zürau

ISBN: 978-84-19036-85-8
DEPÓSITO LEGAL: B. 1321-2024

AIGUADEVIDRE *Gráfica*
QUADERNS CREMA *Composición*
ROMANYÀ-VALLS *Impresión y encuadernación*

PRIMERA REIMPRESIÓN *junio de 2024*
PRIMERA EDICIÓN *febrero de 2024*

CONTENIDO

PRÓLOGO

Los aforismos de Kafka figuran entre las creaciones intelectuales más originales del siglo XX, pese a que no hubo nada más ajeno a su autor que la búsqueda de la alusión graciosa, el efecto inesperado o la voluntad de asombrar a un lector imaginario. La agudeza destinada a causar efecto—que parece consustancial al género literario del aforismo—apenas está presente. Incluso en los lugares donde el lector experimentado podría anticiparla, donde la saborea de antemano, Kafka sacrifica casi siempre el efecto estético en favor de una extrema condensación lingüística y plástica, al límite de la comprensibilidad—y, a menudo, incluso un paso más allá—, lo cual hace herméticos e inescrutables estos textos. No muestran nada, no demuestran nada, avanzan siguiendo el movimiento del pensamiento. Ni siquiera el ocasional «tú» va dirigido a nosotros: es el «tú» que aparece en el monólogo de un hombre profundamente concentrado.

No es extraño, pues, que algunos lectores de Kafka se sientan profundamente decepcionados al leer estos aforismos. Tras haber aprendido a navegar y disfrutar estéticamente del mundo de *La transformación* y *El proceso*, atravesados ambos por una lógica y un humor de pesadilla, los aforismos pueden frustrar sus expectativas: tan sólo en algunas imágenes y paradojas memorables reconocerá a *su* autor. Algo parecido ocurrirá a los lectores que comparen a Kafka con el patrón aforístico establecido en la tradición alemana por Lichtenberg, Friedrich Schlegel, Novalis, Nietzsche, Karl Kraus y Adorno. El aforista Elias Canetti, partiendo de su propia experiencia como lector, señaló las expectativas de los lectores: «Los grandes aforistas se leen como si todos ellos se hubieran conocido bien unos a otros». Pero no es éste el caso de Kafka: no pertenece a ningún círculo, a ningún club, mucho menos al de los «grandes espíritus», cuya conversación escuchaba atentamente sin participar.

Esta situación tan singular nos aboca a un embarazoso dilema a la hora de dar una definición. Resulta problemático calificar de *aforismos* la colección de breves piezas de Kafka que normalmente se publica con el título de *Aforismos* o *Aforismos de Zürau*, con independencia de cuán moderna y abierta sea la concepción del género que adoptemos. Cuesta imaginar que un especialista en literatura que se precie esté dispuesto a considerar aforismo una exclamación como la del aforismo 93 («¡Por última vez psicología!»), pese a lo cual Kafka la consideró lo suficientemente significativa como para seleccionarla e incluirla en el caótico legajo de sus anotaciones.

Unos leopardos irrumpen en un templo; el gran jugador de billar se ensaña con la mesa (aforismos 20 y 107): en principio, en ambas piezas se ofrece una pura y simple narración, y corresponde al lector preguntarse si ilustran o transmiten algo. ¿Acaso el aforismo de los grajos en el cielo (32) no es más bien una parábola? Y el aforismo de la jaula que sale en busca de un pájaro (16), tal vez el más famoso y citado de Kafka, desde luego no es tradicional, ni siquiera es una parábola o un relato breve, sino más bien una surrealista imagen, paradójica y chocante, que estimula la imaginación del lector. De hecho, los aforismos de Kafka son una colección de textos de muy diversa forma, tono y extensión: sea lo que sea lo que les confiere cierta unidad no es su estructura externa. De modo que debemos preguntarnos qué justifica publicarlos como colección.

La producción literaria de Kafka fue inusualmente prolífica en 1917, año de guerra, gracias a un arreglo conspirativo con su hermana menor, Ottla, quien también era su confidente. Ottla había alquilado una casita minúscula en el distrito praguense de Hradčany en la que reunirse con su amante y futuro marido, Josef David, a una distancia segura de sus padres, que no sabían nada de la relación. Sin embargo, como durante aquel año David servía en el Ejército, la casita apenas se usaba y Ottla se la ofreció a su hermano como estudio vespertino para aislarse y escribir. Allí, en el callejón de los Alquimistas, reinaban el silencio y la tranquilidad, y se necesitaba muy poca cantidad de carbón—horriblemente caro—para mantener caldeado, algunas veces hasta bien pasada la medianoche, el diminuto espacio.

Pese a disponer de este refugio, Kafka fue incapaz de decidirse a concluir alguna de las dos novelas que tenía empezadas, *El desaparecido* y *El proceso*, como esperaba su amigo y promotor Max Brod, entre otros. No obstante, sí logró terminar una serie entera de prosas breves, precisas y compactas, que de inmediato reunió bajo el título común de *Un médico rural* y envió a su editor Kurt Wolff. Entre ellas, junto al relato que daba título al volumen, se incluía «Un informe para una academia», «Un mensaje imperial» y «En la galería».

Sin embargo, esta fase de inspiración terminó en abril, cuando la escritura se vio obstaculizada por una desalentadora combinación de factores externos. Las exigencias profesionales en el Instituto de Seguros de Accidentes de Trabajo fueron en aumento a causa de la guerra; por otro lado, Ottla, en contra de la protesta permanente de sus padres, y con el apoyo de su hermano, se mudó al pueblecito de Zürau (hoy Siřem), al noroeste de Bohemia, para hacerse cargo de una granja, y el propio Kafka se vio obligado a alquilar un inhóspito apartamento en el palacio Schönborn, demasiado frío y húmedo incluso para él, que se consideraba inmune a los resfriados.

Lo que sucedió a Kafka en este apartamento la madrugada del 11 de agosto de 1917 cambiaría su vida y su literatura de manera más drástica que ningún otro acontecimiento: una intensa hemorragia pulmonar le hizo toser sangre. Apenas sangró unos minutos, pero el alarmante episodio era un signo casi seguro de que padecía tuberculosis. No era nada extraordinario en una de las ciudades de Centroeuropa en las que la higiene se había deteriorado considerablemente con la guerra, ni en el caso de un funcionario que día tras día tenía que reunirse en su despacho con enfermos e inválidos que regresaban del frente confiando en que el Estado financiara su rehabilitación. Sin embargo, a Kafka no le satisfacían estas explicaciones sobre su enfermedad. Era un firme defensor de la medicina natural y estaba convencido de que las enfermedades no se deben únicamente a la casualidad: enferman las personas cuyas malas decisiones en materia de hábitos de vida las debilitan, y los «buenos hábitos de vida», de acuerdo con el movimiento de la Lebensreform ['La reforma de la vida'], lo abarcaban todo: trabajo, alimentación, indumentaria, ejercicio, sexualidad y disposición psíquica.

Estas ideas permitieron a Kafka integrar la conmoción de la enfermedad en la imagen que tenía de sí mismo, es decir, interpretar la tuberculosis como la consecuencia de su vida durante los años anteriores. Encontrar la interpretación correcta le parecía entonces más importante que acudir a ciegas a alguno de los remedios convencionales de la enfermedad, tal y como le aconsejaron sus amigos. Hacía años—desde el primer encuentro con Felice Bauer—que se debatía entre el matrimonio y la vocación literaria, entre el anhelo de intimidad con la mujer en la que había depositado su confianza y el deseo igualmente profundo del éxtasis creativo, y la pugna no había concluido. Era incapaz de tomar una decisión firme y poner fin al agotamiento y la parálisis que le provocaba el dilema, así que la tuberculosis finalmente había aparecido para decidir por él. Como escribió a Max Brod: «A veces me parece que el cerebro y los pulmones llegaron a un acuerdo sin mi conocimiento. "Así no vamos a ninguna parte", dijo el cerebro, y al cabo de cinco años los pulmones se han declarado dispuestos a ayudar».[1]

A Kafka le alivió, incluso físicamente, aquel giro de los acontecimientos, si bien era lo suficientemente reflexivo para comprender las razones de ese paradójico sentimiento (aunque es muy probable que ignorase el concepto freudiano de «ganancia primaria» o «resistencia represiva»). Enfermar y convertirse en paciente significaba adquirir un estatus social especial. A los pacientes no se les podía exigir hacer nada en absoluto, ni casarse ni hacer horas extraordinarias en la oficina, y mucho menos tener en cuenta a editores, críticos y lectores cuando escribía, como Max Brod le animaba a hacer de vez en cuando. El paciente debe consagrarse a sí mismo y olvidarse de cualquier otra cosa o persona. Kafka estaba decidido a asumir esa responsabilidad y sus consecuencias de una vez por todas.

Huelga decir que el Instituto de Seguros de Accidentes de Trabajo no estaba dispuesto a conceder una prejubila-

[1] Carta a Max Brod, 14 de septiembre, 1917 (B3 319 s.).

ción a Kafka a los treinta y cuatro años, menos aún teniendo en cuenta las numerosas bajas que había provocado la guerra. No obstante, la institución le concedió una baja por enfermedad, prorrogable según prescripción médica, lo cual le dio libertad para decidir en qué lugar instalarse durante su convalecencia. Un sanatorio estaba fuera de discusión, ya que sólo habría tenido sentido si el objetivo fuera calmar los nervios, pero Kafka no estaba dispuesto a pasar el día discutiendo sobre síntomas, medicamentos y médicos con decenas de compañeros que tosían y escupían sangre. Como le expuso a Brod, sólo le ayudaría a recuperar la salud un lugar donde se encontrase a gusto, y ese lugar era el campo, donde disfrutaría de aire puro, paz y reposo junto a personas cuya compañía lo complacía. Así que, según él y Ottla, la solución era reunirse con ella en Zürau, y la hermana le dio la bienvenida en su austero hogar. El 12 de septiembre, un mes después de la hemorragia, Kafka llegó a Zürau con su escaso equipaje, todavía sin sospechar que pasaría allí el invierno y se quedaría ocho meses enteros.

La segunda decisión pendiente tenía que ver con los cambios que se estaban produciendo en su interior, y era mucho más difícil. Kafka sentía que la tuberculosis lo había conducido a una bifurcación en el camino y lo invitaba a elegir una sola senda: aunque no fuese posible vislumbrar las consecuencias de la elección, la bifurcación representaba la oportunidad de cambiar de rumbo. He aquí lo que escribía Kafka en la primera página de un nuevo cuaderno de su diario, tres días después de su llegada:

Hasta cierto punto, ahora tienes la posibilidad, si realmente existe tal posibilidad, de comenzar. No la desperdicies. Si quieres penetrar en ti mismo, no podrás evitar tanta suciedad que te desborda. Pero no te revuelques en ella. Si, como tú mismo dices, la herida de tus pulmones sólo es un símbolo, un símbolo de la herida cuya inflamación se llama Felice y cuya profundidad se llama justificación, si eso es así, entonces también son símbolos los consejos médicos (luz, aire, sol, reposo). Agarra ese símbolo.[1]

ZÜRAU bei Saaz.

Una tarjeta postal de Zürau.

Puede advertirse la inevitable y característica reserva de Kafka, consciente de que no existen comienzos absolutos, en «...si realmente existe tal posibilidad...»: rara vez un autor ha capturado en imágenes tan convincentes el hecho, tan dichoso como atroz, de que ningún pasado es pasado. Por eso, el nuevo comienzo anhelado no podía significar rechazar sin más los logros del año anterior. Incluso en los relatos de *Un médico rural*, que estaba ansioso por ver publicados en forma de libro cuanto antes (Wolff no publicó el volumen hasta la primavera de 1920, lo cual enojó tanto

[1] *Diarios*, 15 de septiembre de 1917, p. 501 (T 831).

a Kafka que incluso pensó en cambiar de editorial), es posible advertir que el gusto de fabular, de narrar historias, había quedado supeditado a la reflexión y la estricta concisión. Aunque finalmente accedió a que el subtítulo fuese «Pequeños relatos», Kafka había experimentado con las formas de la parábola y la leyenda, e incluso «Un informe para una academia», que abunda en detalles grotescos y sensuales, de hecho es más un informe autocrítico que un relato. Por no hablar de un texto como «Once hijos», que renuncia a la trama y queda reducido a consideraciones en forma de monólogo. Ya no se trataba de la «inclinación a describir mi onírica vida interior»,[1] que como Kafka había anotado tres años antes era su único interés; era un programa completamente distinto, a juzgar por lo que anotó en Zürau:

Todavía puedo obtener una satisfacción pasajera de trabajos como *Un médico rural*, en el supuesto de que aún logre escribir algo así (cosa muy improbable), pero felicidad, sólo si puedo elevar el mundo a lo puro, verdadero, inmutable.[2]

Si *Un médico rural* se hubiera publicado en el otoño de 1917, cualquier lector avezado habría advertido que el autor no sólo había cambiado de rumbo, sino que se había adentrado en un camino completamente nuevo. Esa impresión tuvieron sus amigos Max Brod, Felix Weltsch y Oskar Baum: conocían los últimos textos de Kafka gracias a sus ocasionales lecturas privadas en voz alta y esperaban que en Zürau recogiera una cosecha parecida. ¿No se había quejado Kafka una y otra vez de que mientras estuviera enca-

[1] *Ibid.*, 6 de agosto de 1914, p. 394 (T 546).
[2] *Ibid.*, 25 de septiembre de 1917, p. 505 (T 838).

denado a las horas de oficina y a los compromisos familiares carecería de la libertad necesaria para escribir? Un año *antes* de Zürau había anotado: «Yo, que por lo general he carecido de autonomía, siento un ansia infinita de autonomía, de independencia, de libertad en todos los sentidos».[1] Y lo primero que elogió por carta recién llegado a Zürau fue «la libertad, la libertad sobre todo».[2]

Así pues, ¿qué hizo Kafka con esa nueva libertad? Plantó verduras, recolectó patatas, ayudó un poco a recoger la cosecha de otros cultivos e hizo de asistente en el apareamiento de las cabras. Estas actividades le dejaron muchas horas libres, que pasó echado en una tumbona leyendo al sol, envuelto en mantas cuando llegó el invierno. Por las noches redactaba divertidas cartas—casi humorísticas—en las que describía la rústica vida del pueblo y las escasas relaciones sociales que había hecho. También dedicó un número considerable de páginas a describir los ejércitos de ratones que lo acosaban por las noches en su habitación. Por entretenidas que fueran estas cartas, no eran los «relatos» que se esperaban de él en Praga. Incluso acuciado por una enfermedad potencialmente mortal, Kafka hablaba y vivía como si dispusiera de tiempo ilimitado.

Sin embargo, en realidad Kafka llevó en Zürau una vida doble, y hasta triple, que nadie salvo él mismo podía imaginar por completo, pero que hoy es posible reconstruir gracias al legado escrito. En opinión de los aldeanos, Kafka era el «doctor» de Praga, siempre amable y solícito, aunque poco hablador y por lo tanto inescrutable, y no gozaba de la mejor salud, a juzgar por su dificultad para respirar. En opinión de sus amigos de Praga, Kafka se había converti-

---

[1] *Cartas a Felice*, 19 de octubre de 1916 (B3 261).
[2] Carta a Max Brod, 14 de septiembre de 1917 (B3 319).

do en el autor de las hilarantes cartas sobre los ratones en las que a veces también informaba de sus lecturas y hacía largos comentarios crípticos sobre su tuberculosis. Estas cartas alarmaron a sus destinatarios, ya que el paciente parecía dedicar mucho más tiempo y energía a interpretar su enfermedad que a curarse.

Había, además, una tercera dimensión oculta de su vida en Zürau, de cuya importancia probablemente ni siquiera su hermana era consciente: dos cuadernos en octavo, de 16,5 × 10 centímetros, profusamente escritos a lápiz hasta los márgenes, generalmente con la caligrafía descuidada que revela que fueron anotados en la tumbona, plagados de tachaduras, signos estenográficos e innumerables correcciones. A veces aparecía una fecha, un comentario sobre un largo paseo, algún esbozo de relato, pero la mayor parte de las anotaciones consistían en reflexiones que abundaban en imágenes sorprendentes y especulaciones metafísicas.

Éste era, pues, el «comienzo» que Kafka se había prescrito: la continuación de un movimiento hacia la abstracción, como ya podía advertirse en los relatos de *Un médico rural* (en los que encontramos incluso anticipaciones conceptuales y visuales de los aforismos), pero esta vez con absoluta determinación, traspasando los límites de la literatura, elevándose hacia las cumbres de la metafísica occidental, ocupándose de cuestiones como el «mal», la «verdad», la «fe» y el «mundo espiritual». Para calificar estos temas, Kafka hablaba de las «cosas supremas», y no tuvo ningún reparo en reivindicar un poco de *pathos* para sí: «Lo que tengo que hacer solamente puedo hacerlo solo. Aclararme sobre las cosas supremas», le aseguró a Max Brod en una visita a Praga a fines de diciembre.[1] Parecía que Kafka qui-

---

[1] Max Brod, diario, 26 de diciembre de 1917. Los escritos del lega-

siera justificar la dolorosa pero inexorable despedida de Felice Bauer, que acaba de producirse, y su proyecto sonaba como un propósito que no admitía concesiones. En realidad, se refería a un proyecto que acariciaba desde hacía meses, y cuyos primeros resultados se ocultaban en dos insignificantes cuadernitos.

En comparación con otros escritos de Kafka, los especialistas han prestado poca atención a los aforismos, y aún menos los lectores. Como todo lo que escribió Kafka, estos textos exigen interpretación, pero a diferencia de la prosa de ficción, por ejemplo, *El proceso*, no recompensan al esforzado lector con el placer sensible y estético de una «historia». El lector de los aforismos se ve arrastrado a un territorio desconocido, a menudo inhóspito, si bien puede terminar resultando terriblemente hermoso. «Nunca estuve antes en este lugar: se respira de otra manera, más resplandeciente que el sol brilla junto a él una estrella»: Kafka habría podido elegir el aforismo 17 como epígrafe de toda la colección. En cualquier caso, es indudable que muchos de sus lectores devotos abandonaron la lectura de estos aforismos mucho antes de terminar, suspirando: «Esto no es de este mundo».

Fue Kafka quien creó esta colección de aforismos, lo cual resulta sorprendente a tenor del descuido con el que solía tratar sus manuscritos (no las galeradas). Es probable que todavía estuviera en Zürau—es decir, en la primavera de 1918—cuando comenzó a evaluar cuidadosamen-

---

do de Otto Weininger (1880-1903), que Kafka seguramente conocía, se publicaron en 1904 con el título de *Über die letzten Dinge* ['Sobre las cosas supremas' o 'Sobre las últimas cosas'].

te las anotaciones en los dos cuadernos en octavo. Primero dividió en cuatro partes un pliego de finas hojas de papel para obtener una pila de papelitos de 14,5 × 11,5 centímetros, a modo de fichas. Después revisó hoja a hoja los cuadernos en octavo, transcribió anotaciones individuales en orden cronológico, una en cada papelito, enumerados previamente; en algunos casos corrigió los textos al copiarlos del cuaderno. En total han quedado 105 de estos papelitos: los dos primeros se encuentran en el legado de Max Brod en la Biblioteca Nacional de Israel en Jerusalén; el resto, junto con los cuadernos en octavo propiamente dichos, en la Bodleian Library de Oxford. El último papelito conservado lleva el número 109, y no sabemos hasta qué punto hay que atribuir la numeración a un error o a la desaparición de algunos papelitos. (Sobre los saltos en la numeración, véanse los comentarios a los respectivos aforismos).

Aunque es muy probable que Kafka no diera a leer estos textos (véase el comentario al aforismo 69), en modo alguno los dejó *ad acta*. En total tachó veintitrés aforismos después de copiarlos—no está claro cuándo lo hizo—, pero no los sacó del conjunto de papelitos. Más o menos en otoño de 1920, es decir, dos años y medio después de la transcripción de los aforismos, Kafka añadió textos que copió de un nuevo cuaderno: para estos ocho añadidos no preparó nuevos papelitos, aprovechó los que ya tenía.

La génesis de este proyecto es intrincada y muy inusual en Kafka, que casi nunca copiaba a mano sus escritos, y resulta inevitable preguntarse por qué lo hizo en este caso. Podría pensarse que simplemente quiso poner a buen recaudo su cosecha de Zürau. Incluso a él mismo debía de resultarle difícil releer cómodamente las anotaciones de los cuadernos en octavo, y aún más seleccionar y organizar las reflexiones dispersas sobre un tema concreto. Así pues, los papelitos pudieron ser una especie de estructuración lingüística y mental dispuesta para facilitar su recuperación, y si bien la numeración de los aforismos no habría sido estrictamente necesaria, habría servido para reordenarlos por temas. La numeración es también un indicio—de hecho, el único—de que Kafka pensó al menos ocasionalmente en la publicación de los papelitos, mientras que la renuncia a este orden al utilizar un mismo papel para diversas anotaciones (copió dos aforismos que nada tenían que ver entre sí y que databan de épocas distintas) constituiría un indicio de que, más o menos a fines de 1920, Kafka había renunciado al proyecto de publicarlos, pero quería conservar los significativos resultados de su reflexión sobre «las cosas supremas».

La recepción de los aforismos comenzó en 1931 con la aparición de la antología *Durante la construcción de la muralla china*, editada por Max Brod. Para reforzar su propia interpretación de los aforismos (Brod consideraba a Kafka un renovador de la religión judía) le dio el optimista y sugestivo título de *Consideraciones sobre el pecado, el sufrimiento, la esperanza y el camino verdadero*. De buen principio, el título suscitó recelos entre lectores y críticos, que, no obstante, desconocían el contexto en que se habían escrito esas piezas. Los cuadernos en octavo de Zürau (casi) completos, actualmente conocidos como «Cuadernos en octavo G y H», se publicaron por primera vez en 1953.[1] Las ediciones críticas de 1992, 1993 y 2011 revelaron los pro-

---

[1] En Franz Kafka, *Hochzeitsvorbereitungen auf dem Lande und andere Prosa aus dem Nachlass* ['Preparativos para una boda en el campo y otras prosas del legado póstumo'], ed. Max Brod (en el marco de las obras completas).

cesos de corrección de Kafka y arrojaron luz, por fin, sobre los misteriosos papelitos.[1]

Quedó claro entonces que las caóticas anotaciones de Zürau son prácticamente imprescindibles para comprender los motivos y conceptos centrales de los aforismos, pero también que el conjunto de aforismos no puede reordenarse para rehabilitar una tradición y mucho menos presentarse como una doctrina destinada a ofrecer «orientación» para la vida. Por más que Kafka trazara en estas piezas una suerte de bosquejo de su concepción del mundo, sus conceptos no están bien perfilados, ya que a menudo el desarrollo del pensamiento se atiene a una lógica puramente visual, conformada por imágenes mentales. Los límites entre conceptos como «lo bueno», «lo verdadero», «lo divino», «lo indestructible» son difusos, a veces son sinónimos y a veces no, dependiendo del contexto. Esta fluidez conceptual socava cualquier intento de reconciliar tales conceptos con los significados que tienen en otros contextos: «lo bueno» en Kafka no significa lo mismo que en Platón o en el cristianismo, pese a las evidentes «influencias». Sabemos que en Zürau Kafka leyó escritos de Kierkegaard, pero los contornos de su concepción del mundo ya eran visibles en los cuadernos en octavo mucho antes de que emprendiera la lectura atenta de los textos del filósofo danés en febrero de 1918. Así pues, no podemos saber si Kafka buscaba en Kierkegaard enseñanza o más bien confirmación, ni tampoco en qué obras buscó una y en qué obras otra, ni hasta qué punto era consciente de qué buscaba. Si bien resulta emocionante encontrar en Kierkegaard la observación:

---

[1] Véanse las siglas NSF1, NSF2, 8°o × 7, 8°o × 8. En el marco de la edición histórico-crítica de la editorial Stroemfeld se ha publicado además una caja con los papelitos recopilados por Kafka en edición facsímil.

«Lo fastidioso de un noviazgo es y será lo que en él hay de ético. Lo ético es tan tedioso en la ciencia como en la vida»,[1] por lo mucho que recuerda al sorprendente aforismo 30 de Kafka («El bien es en cierto sentido desconsolador»). El valor de estos hallazgos puntuales para entender los aforismos de Kafka, a menudo tan herméticos, es limitado, ya que el bagaje de ambos autores era muy distinto. Ésta es la razón por la que en la presente edición los comentarios priorizan siempre las numerosas conexiones que es posible establecer entre las anotaciones de Kafka.

Del mismo modo, es evidente que la «verdad» de Kafka no es la del judaísmo o la de alguna de sus corrientes místicas. Las subterráneas relaciones con la cábala y el jasidismo han sido estudiadas desde hace tiempo,[2] pero también en este caso conviene ser cauteloso y no tomar demasiado literalmente las correspondencias sin tener en cuenta su elaboración literaria. Kafka asume o examina determinados marcos conceptuales que le parecían sustanciales, pero empleó el vocabulario teológico de manera metafórica y distanciada, incluso la palabra *Dios*. En el *Kafka-Handbuch* de 2010, Manfred Engel—uno de los editores—señala con mucho tino que el meollo es que «la posición de Kafka tiene muy poco que ver con los conceptos religiosos establecidos. Parece referirse a una religión extremamente restringida, despojada de todo contenido dogmáti-

---

[1] Søren *Diario de un seductor*, en: *O lo uno o lo otro. Un fragmento de vida 1*, vol. 2/1, ed. y trad. Begonya Saez Tajafuerce y Darío González, Madrid, Trotta, 2006, p. 367.

[2] A este respecto véase el enriquecedor capítulo «Die Zürauer Aphorismen», en: Ritchie Robertson, *Kafka. Judentum, Gesellschaft, Literatur*, Stuttgart, Springer, 1988, pp. 244-283. El intento más exhaustivo hasta ahora de realizar una clasificación histórico-intelectual de las anotaciones de Kafka en Zürau se debe a Paul North, *The Yield. Kafka's Atheological Reformation*, Redwood City, Stanford University Press, 2015.

co, una *religio* o 'vinculación' con un principio que trasciende lo empírico».[1]

Esta reserva es aplicable incluso cuando Kafka se refiere directamente a la iconografía y la interpretación tradicional de mitologemas establecidos. Un buen ejemplo es el doble motivo del Paraíso y el pecado original, que aparece en ocho aforismos, así como en numerosas anotaciones de los cuadernos en octavo de Zürau. Como sabemos por sus diarios, apenas un año antes de enfermar, Kafka se había sumergido en la lectura del Antiguo Testamento, sobre todo del Génesis, y su notable conclusión fue: «Sólo el Antiguo Testamento ve; no decir nada todavía sobre esto».[2] Por lo tanto, el relato bíblico de la expulsión del Paraíso no es sólo una de las fuentes claramente identificables de los aforismos, sino también una influencia significativa en el contenido de los textos de Kafka.

Sin embargo, esta influencia no prueba que Kafka se atuviera a una tradición establecida, ni siquiera que se sintiera en deuda con ella. Más bien todo lo contrario: tomaba un motivo que le parecía significativo e intentaba incorporarlo a su propio marco conceptual (lo que en el cine se llama *versión recortada* de una película). De este modo, por ejemplo, en el relato bíblico el «árbol de la vida» es tan sólo un motivo secundario, pero en Kafka se convierte en un sorprendente motivo principal: si enlazamos lógicamente los aforismos 82 y 83 donde se menciona el motivo, descubrimos que Dios *obligó* al hombre a cometer un pecado de omisión (a saber, el de *no* comer del árbol de la vida), lo cual no afecta a la trama del relato, pero invierte su sentido moral.

[1] Manfred Engel y Bernd Auerochs (ed.), *Kafka-Handbuch. Leben – Werk – Wirkung*, Stuttgart-Weimar, Metzler, 2010, p. 288.

[2] *Diarios*, 6 de julio de 1916, p. 476 (T 792).

Lo mismo ocurre en otras anotaciones en las que Kafka se ocupa de un texto tradicional como si se tratara de un guión muy interesante susceptible de mejora. Así, plantea que el Creador hace amenazas poco convincentes: «Según Dios, la consecuencia inmediata de comer el fruto del árbol del conocimiento sería la muerte; según la serpiente (al menos así puede entenderse), la igualdad con Dios. Ambas cosas eran falsas de igual modo», y ni siquiera el hecho de que, por lo mismo, «ambas cosas fueran ciertas de igual modo» mejora las cosas.[1] Éste es un claro ejemplo del uso típicamente libre de los elementos míticos en Kafka, nunca arbitrario, pero sin duda irreverente (en este mismo sentido, merece la pena leer las dos piezas breves «Prometeo» y «El silencio de las sirenas», que también forman parte de las anotaciones de Zürau).

La curiosa formulación citada—«Sólo el Antiguo Testamento ve»—no significa, por lo tanto, que el texto bíblico *exprese* la verdad, sino que *remite* a algo verdadero mediante imágenes poderosas, de un modo análogo a la obra de arte pictórica. Desde el punto de vista de Kafka, la «expulsión del Paraíso» es una imagen muy plástica y vívida, e intelectualmente fecunda, de algo que ocurrió en la historia de la humanidad: una especie de caída ontológica desde un estado de perfección hasta otro mucho menos perfecto.

Pero aquí termina la correspondencia con la mitología judeocristiana, porque Kafka lleva su pensamiento más allá. Según el mito, la caída tuvo lugar *una vez*, antaño. Pero para Kafka eso carece de toda lógica, puesto que el Paraíso pertenece a una esfera de la eternidad que no tiene relación con nuestro concepto del tiempo, de modo que nues-

---

[1] NSF2 73 / 8°O × 7 140-143.

tra idea de que la vida en el Paraíso es cosa del pasado tan sólo atestigua el carácter limitadísimo de nuestra perspectiva. Partiendo de esta conclusión, Kafka emprende una hazaña especulativa que no resulta más comprensible estableciendo paralelismos o buscando influencias en la historia de las ideas, sino tan sólo rastreando las diversas relaciones visuales y conceptuales *entre* sus anotaciones de Zürau. ¿Es posible extraer a partir de ahí un pensamiento sistemático?

Una de las tesis centrales que se plantea en los aforismos (algunas se abordan explícitamente mientras que otras están implícitas) remite a la teoría de las Ideas de Platón, que Kafka había estudiado a fondo desde sus años de estudiante en la secundaria. La tesis establece que existe un mundo espiritual y un mundo sensible. El mundo que nos resulta familiar es el sensible, y habitualmente creemos que es el único, pero en realidad sólo es una especie de sombra desprovista de sustancia y entidad propias, un tenue reflejo del mundo espiritual. De ahí que los aforismos se refieran una y otra vez a dos mundos completamente distintos, pero insistan en que sólo uno es real: el mundo espiritual (véanse los aforismos 54 y 62). Así pues, es engañoso imaginar el mundo sensible y el espiritual como espacios adyacentes, el mundo de aquí y el mundo del más allá.

Pero, entonces, ¿cómo debemos concebir esos dos mundos? En Kafka parecen mantener un complejo vínculo que supone relaciones cerradas y abiertas al mismo tiempo. Por ejemplo, la justificación de nuestra existencia en este mundo sólo es posible en el mundo del más allá, mientras que todo lo que podemos hacer en este mundo parece estar predeterminado de alguna manera en el más allá (véase el aforismo 99, así como el comentario al aforismo 94). Y, pese a que el mundo espiritual es inaccesible para nosotros, no existen fronteras propiamente dichas ni tampoco líneas de demarcación. ¿Es posible encontrar un modelo ilustrativo con fines heurísticos?

Imaginemos un planeta lejano en el que viven seres vivos dotados de inteligencia y conciencia, pero cuyos cuerpos y, en consecuencia, su sensibilidad e imaginación están limitados a tan sólo dos dimensiones. Esto significa que su mundo físico y espiritual es plano, bidimensional: las cosas sólo tienen longitud y anchura, el concepto de «altura» carece de sentido.

Si estos seres creyeran, a partir de ciertos signos, que debe existir una tercera dimensión, es decir algo así como un «mundo más alto», y se preguntaran dónde puede encontrarse esa tercera dimensión, podríamos gritarles: «¡Mirad hacia arriba, ahí está el mundo más alto, justo ahí!». Pero de poco serviría lo que les dijéramos, porque el concepto «arriba» no tendría contenido empírico en su experiencia del mundo: nadie habría alzado jamás la vista, puesto que esa dirección no parecería existir. Sin embargo, esto no tendría por qué impedir al habitante del mundo bidimensional visualizar, al menos teóricamente, la relación de su bidimensionalidad con el sistema planetario (por ejemplo, mediante analogías o gracias a la teoría matemática), e incluso realizar declaraciones precisas al respecto.

Es probable que tardaran poco en darse cuenta de que, aunque deba distinguirse estrictamente entre un espacio bidimensional y uno tridimensional, tal vez uno esté integrado en el otro. «Realmente» lo único que existe es el espacio tridimensional, en el que se encuentran incluso los habitantes del mundo plano, algo que éstos pueden pensar, pero no representar.

Los paralelismos entre los binomios conceptuales de Kafka «sensible/espiritual» y «terrenal/celeste» son sorprendentes, y tan ricos que parecen basarse en el modelo didáctico de las diferentes dimensiones del espacio, familiar desde la formulación de la teoría de la relatividad. Un buen ejemplo de ello es el aforismo 64, que plantea una situación completamente inconcebible: por una parte, fuimos expulsados definitivamente del Paraíso, mientras que, por otra, es posible que todavía nos encontremos en él, incluso sin sospecharlo. Dadas las circunstancias geométricas de los habitantes del mundo bidimensional, esta posibilidad no supondría una contradicción en absoluto, de modo que finalmente podrían llegar a la conclusión, tras reflexionar filosóficamente, de que han estado viviendo en aquel mundo elevado y que sólo depende de su conciencia si ello tiene o no alguna consecuencia para su vida.

Como ya se ha indicado, Kafka explica la extraña simultaneidad de elementos aparentemente irreconciliables en el aforismo 64 como el choque de dos estructuras temporales. En el mundo espiritual sólo hay eternidad, de modo que no es posible que un acontecimiento termine definitivamente, porque en tal caso sería pasado. Por consiguiente, la expulsión del Paraíso debe representarse como un *acontecimiento interminable* o *permanente*, lo cual lleva una vez más a Kafka a un territorio absolutamente abstracto. La constante alternancia de abstracción extrema y plasticidad de las imágenes es una de las claves del interés intelectual y la fascinación que suscitan sus aforismos.

Kafka no elabora una teoría que pueda traducirse a las categorías de discursos religiosos o filosóficos. Quien desee sistematizar el legado aforístico de Kafka terminará dándose cuenta de que la empresa está abocada al fracaso, aunque sólo sea por la constante superposición de conceptos y argumentos epistemológicos, ontológicos y éticos (véanse a este respecto los comentarios a los aforismos 54 y 80). Las incoherencias son ineludibles: por ejemplo, se acusa de «impaciencia» a los habitantes del Paraíso, pero también se afirma que vivieron (mejor dicho, *viven*, según postula Kafka en el aforismo 3) en la eternidad. Estas incoherencias no se deben en ningún caso a la supuesta incapacidad de Kafka para el pensamiento abstracto. De hecho, algunos aforismos (por ejemplo, el 104) se sitúan en las gélidas cumbres de la abstracción y sólo es posible descifrar su significado tras diversas lecturas. Pero incluso en tales casos Kafka prescinde de la terminología técnica. Para referirse a conceptos abstractos recurre a imágenes y se atiene a ellas. Pero las imágenes de Kafka no ilustran sus argumentos, sino que *son* sus argumentos.

Así pues, los aforismos son literatura, y por lo tanto debemos preguntarnos qué lugar ocupan en la producción literaria de Kafka. La profusión de textos reflexivos en su obra tardía llama la atención: «Investigaciones de un perro» (1922) no es un relato *sensu stricto*, sino un análisis de experiencias, y lo mismo puede decirse del extenso «La obra» (1923), que consiste casi exclusivamente en reflexiones. También la escasa popularidad—en comparación con *El proceso*—de *El castillo* (1922) puede atribuirse en parte al hecho de que la trama se ve interrumpida constantemente por largos pasajes de diálogos que giran sobre sí mismos y finalmente quedan en punto muerto. La interpretación especulativa de los hechos, que en *El proceso* se había dejado al margen de la trama gracias a la inclusión de un capítulo propio («En la catedral»), en *El castillo* es un *basso continuo* que domina la atmósfera de toda la narración.

De modo que, una vez más, Kafka trató de atar dos cabos sueltos: sintetizar el pensamiento conceptual y el pensamiento visual con medios literarios, mediante vívidas imágenes. Los lectores de los aforismos reconocerán de inmediato esas imágenes en *El castillo*, aunque no textual ni literalmente: ambas obras comparten una misma estructura, la misma voluntad de trasladar lo irrepresentable a un contexto sensible y así volverlo siquiera un poco más imaginable. En los aforismos, Kafka imagina un mundo sensible y un mundo espiritual, y aunque el último sea inalcanzable para nosotros, todos vivimos en él. En *El castillo* existen la aldea y el castillo inalcanzable, y sin embargo: «Esta aldea pertenece al castillo, y quien vive o pernocta aquí, vive o pernocta, por decirlo así, en el castillo».[1] El lector de los aforismos ya está familiarizado con ese «por decirlo así».

---

[1] S 8 (*El castillo*, p. 15).

El camino verdadero pasa por una cuerda que no está tendida en lo alto, sino apenas por encima del suelo. Parece más destinada a tropezar que a ser rebasada.

Der wahre Weg geht über ein Seil, das nicht in der Höhe gespannt ist, sondern knapp über dem Boden. Es scheint mehr bestimmt stolpern zu machen, als begangen zu werden.[1]

•

Anotado el 19 de octubre de 1917. En el cuaderno en octavo esta anotación comienza con las palabras: «Ando extraviado. El camino verdadero...». La frase «Parece más destinada a...» la añadió Kafka posteriormente en el cuaderno en octavo y después también la trasladó al papelito 1. (Para lo referente a la transcripción de los aforismos que Kafka hizo de su puño y letra en pequeños trozos de papel, recortados y numerados, véase el «Prólogo»).

Probablemente Kafka encontró el motivo de la cuerda en un relato jasídico que había leído poco antes en el que dos condenados a muerte logran salvar sus vidas pasando por encima de una cuerda tendida sobre un estanque. Una vez que el primero de ellos lo consigue, le dice al segundo: «Lo principal es no olvidar ni un solo instante que uno avanza

---

[1] El texto alemán de los aforismos sigue fielmente la transcripción original de Kafka. (*Todas las notas al pie son del traductor*).

por una cuerda y que se juega la vida». Pero mientras que en el relato la cuerda constituye una metáfora explícita del «camino hacia la verdadera fe en Dios», Kafka se abandona a la lógica de la imagen misma: para él la cuerda está literalmente tirada en el camino hasta el momento en que alguien decide recorrerla.

Sobre el camino como metáfora, véanse también los aforismos 21, 26, 38, 39a y 104.

Más entradas que tratan de temas afines en los cuadernos en octavo: «El zarzal es lo viejo que bloquea el camino. Hay que quemarlo para avanzar»; «Las diversas formas de la desesperación en las diversas estaciones del camino»; «Tiene demasiado espíritu, viaja por toda la tierra en su espíritu como en un carro encantado, incluso por donde no hay caminos. Y no puede saber por sí mismo que allí no hay caminos. Por eso, su humilde ruego de que otros lo sigan se convierte en tiranía, y su sincera convicción "de estar en el camino", en soberbia»; «El camino hacia el prójimo es demasiado largo para mí».

En una carta a Robert Klopstock del verano de 1922, Kafka esbozó aún más la metáfora del camino verdadero: «Pero como estamos en un camino que sólo conduce a un segundo, y éste a un tercero, y así sucesivamente, el camino correcto puede tardar en llegar y tal vez no llegue nunca». En ese mismo año, Kafka escribió su fragmento en prosa titulado «Un comentario» (más conocido como «Desiste»), en el que un policía se ríe de que le pregunten por el camino, lo cual resulta incomprensible si no se toma en cuenta el profundo sentido metafórico de la palabra.

Todos los errores humanos son impaciencia, una interrupción anticipada de lo metódico, un aparente cercar con estacas las cosas aparentes.

Alle menschlichen Fehler sind Ungeduld, ein vorzeitiges Abbrechen des Methodischen, ein scheinbares Einpfählen der scheinbaren Sache.

•

Anotado el 19 de octubre de 1917. En el cuaderno en octavo la entrada comienza con las palabras: «Psicología es impaciencia, todos los errores humanos son impaciencia...». El enunciado definitivo, en el que ya no se menciona la psicología, es pues el resultado de la decisión de Kafka de generalizar y, en consecuencia, oscurecer las referencias concretas.

Estos pensamientos los motivó una carta de Felix Weltsch recibida poco antes en la que éste trataba de comprender en clave psicológica el comportamiento contradictorio de Kafka, sobre todo en relación con su enfermedad. Kafka respondió que las observaciones de Weltsch pertenecían al «maldito círculo de la psicología teórica, que tanto te gusta o, mejor dicho, que no te gusta, pero te obsesiona (como a mí, por lo visto). Las teorías naturalistas (?) son erróneas, al igual que sus correlatos psicológicos».

Tan sólo un día después de escribir el aforismo, Kafka volvió de nuevo al tema general de la impaciencia y escribió el aforismo 3.

Los papelitos 1 y 2 son los únicos que Max Brod publicó en 1926 como facsímiles en el *Literarischen Welt*. Son también los únicos que no se encuentran en la Bodleian Library de Oxford, sino en el legado de Max Brod, depositado en la Biblioteca Nacional de Israel, en Jerusalén.

En cuanto al término «cercar con estacas» (*Einpfählen*), Kafka lo conocía probablemente de la horticultura y la jardinería, ámbitos en que se usa para referirse al modo en que se apuntalan los árboles frutales jóvenes mediante (al menos) tres palos o estacas largas, o al acotamiento de un prado cercándolo con postes. En Zürau Kafka tuvo muchas oportunidades de observar este tipo de trabajos campestres.

3

Hay dos pecados capitales humanos de los que derivan todos los demás: la impaciencia y la dejadez. Por la impaciencia fueron expulsados del Paraíso, por la dejadez no regresan. No obstante, quizá sólo haya un pecado capital: la impaciencia. Por la impaciencia fueron expulsados del Paraíso, por la impaciencia no regresan.

*Es gibt zwei menschliche Hauptsünden, aus welchen sich
alle andern ableiten: Ungeduld und Lässigkeit. Wegen der
Ungeduld sind sie aus dem Paradiese vertrieben worden,
wegen der Lässigkeit kehren sie nicht zurück. Vielleicht
aber gibt es nur eine Hauptsünde: die Ungeduld. Wegen
der Ungeduld sind sie vertrieben worden, wegen der Ungeduld kehren sie nicht zurück.*

•

Anotado el 20 de octubre de 1917. Al copiarlo en el papelito número 3, Kafka corrigió dos veces *proscritos* por *expulsados*. No obstante, después tachó el texto entero.

De la expulsión del Paraíso tratan también los aforismos
64, 74, 82 y 84. Es evidente que el tema interesaba a Kafka
desde hacía tiempo. En 1916 escribió a Felice Bauer sobre dos pueblecitos idílicos que había encontrado cerca de
Praga: «Ambos lugares de un silencio similar al del Paraíso
después de la expulsión del hombre».
Más entradas de tema parecido en los cuadernos en oc-

33

tavo: «El primer animal doméstico de Adán después de la expulsión del Paraíso fue la serpiente»; «La expulsión del Paraíso fue en cierto sentido una suerte, puesto que si no hubiésemos sido expulsados el Paraíso habría tenido que ser destruido»; «Según Dios, la consecuencia inmediata de comer el fruto del árbol del conocimiento sería la muerte; según la serpiente (al menos así puede entenderse), la igualdad con Dios. Ambas cosas eran falsas de igual modo. Los seres humanos no murieron, sino que se hicieron mortales; tampoco se hicieron iguales a Dios, pero recibieron la capacidad indispensable de poder llegar a serlo. Ambas cosas eran correctas de la misma manera. El hombre no murió, pero sí el hombre del Paraíso; no fueron como Dios, pero conocieron lo divino» [todo tachado]; «Existían tres formas posibles de castigar al hombre por caer en el pecado: la menos severa fue la expulsión del Paraíso / la segunda, la destrucción del Paraíso / la tercera, que habría sido la más terrible, clausurar el árbol de la vida y dejar inalterable todo lo demás»; «"El día que de él comieres, ciertamente morirás" significa que el conocimiento es al mismo tiempo dos cosas: un paso en el camino hacia la vida eterna y un obstáculo para alcanzarla. Si quieres alcanzar la vida eterna después de adquirir el conocimiento—y no podrás querer otra cosa, puesto que el conocimiento es esa voluntad—, entonces tendrás que destruirte a ti mismo, el obstáculo, para poder avanzar; esto es la destrucción. De ahí que la expulsión del Paraíso no fuese un hecho, sino un acontecimiento» [todo tachado salvo la última frase].

4

Muchas sombras de los difuntos sólo se ocupan de lamer las aguas del río de los muertos, porque éste viene de nosotros y tiene todavía el sabor salado de nuestros mares. Entonces el río se eriza de asco, cambia el rumbo de la corriente y devuelve los muertos flotando a la vida. Pero ellos están contentos, cantan canciones de gratitud y acarician al indignado.

Viele Schatten der Abgeschiedenen beschäftigen sich nur damit die Fluten des Totenflusses zu belecken, weil er von uns herkommt und noch den salzigen Geschmack unserer Meere hat. Vor Ekel sträubt sich dann der Fluss, nimmt eine rückläufige Strömung und schwemmt die Toten ins Leben zurück. Sie aber sind glücklich, singen Danklieder und streicheln den Empörten.

•

Anotado el 20 de octubre de 1917. La última frase se añadió posteriormente en el cuaderno en octavo.

Kafka ya había jugado el invierno anterior con el motivo del río de los muertos en los extensos fragmentos sobre el cazador Gracchus, quien, pese a estar muerto, vuelve a «las aguas terrenales» por «un golpe equivocado de timón».

Von einem gewissen Punkt an gibt es keine
Rückkehr mehr. Dieser Punkt ist zu erreichen.

A partir de un cierto punto ya no hay vuelta atrás. Ése es el punto que hay que alcanzar.

Von einem gewissen Punkt an gibt es keine Rückkehr mehr. Dieser Punkt ist zu erreichen.

•

Anotado el 20 de octubre de 1917. En los cuadernos en octavo esta frase aparece resaltada mediante una raya trazada al margen.

Se desconoce qué pudo motivar esta reflexión de Kafka, pero es evidente que puede aplicarse a varios de sus conflictos más acuciantes: la separación definitiva de Felice Bauer, una decisión que tomó en Zürau; la desvinculación del padre; y el anhelado tránsito de una existencia burguesa a una vida exclusivamente sometida a las leyes de la escritura.

Llama la atención la cercanía del aforismo a la metáfora del «camino», la preferida de Kafka. Así, por ejemplo, también en el aforismo 1, escrito el día antes, constituye un punto crítico recorrer la cuerda, porque una vez hecho no hay vuelta atrás. Y también el protagonista de *El castillo* llega demasiado lejos (en sentido literal y metafórico) como para poder retornar a su vida anterior.

También es posible establecer otro paralelismo evidente con el concepto del «umbral», por ejemplo, en la entrada del diario de Kafka fechada en 1922: «Nada malo; una vez has cruzado el umbral todo es bueno. Otro mundo, y tú no tienes que hablar».

6

El instante decisivo del desarrollo humano es perpetuo. Por eso tienen razón los movimientos revolucionarios del espíritu que declaran nulo todo lo anterior, puesto que todavía no ha pasado nada.

Der entscheidende Augenblick der menschlichen Entwicklung ist immerwährend. Darum sind die revolutionären geistigen Bewegungen, welche alles Frühere für nichtig erklären, im Recht, denn es ist noch nichts geschehen.

•

Anotado el 20 de octubre de 1917. La entrada comienza en el cuaderno en octavo con estas palabras: «El instante decisivo del desarrollo humano es, si desechamos nuestro concepto del tiempo, perpetuo. La historia de la humanidad es el segundo intercalado entre dos pasos de un caminante».

Kafka tachó esta segunda frase en el cuaderno en octavo. Inicialmente transcribió la frase «si desechamos nuestro concepto de tiempo» en el papelito con el número 6, pero después también la tachó.

Además, en el cuaderno en octavo, necesitó tres intentos para encontrar la palabra *inválido*. Primero escribió *incorrecto*, luego *falso*, y finalmente *nulo*.

Poco después, en una carta a Max Brod, Kafka varió el pensamiento fundamental de este aforismo, esta vez en relación con la vida del individuo: «Si no existen incontables posibilidades de liberación, y sobre todo posibilidades en cada instante de nuestra vida, entonces quizá no existe ninguna en absoluto».

La idea de que no podemos confiar en nuestro limitado concepto del tiempo cuando reflexionamos sobre el destino de la humanidad también se elabora en el aforismo 64.

Uno de los medios de seducción más eficaces de los que se sirve el mal es la invitación a la lucha. Es como la lucha con las mujeres, que termina en la cama.

Eines der wirksamsten Verführungsmittel des Bösen ist die Aufforderung zum Kampf. Er ist wie der Kampf mit Frauen, der im Bett endet.

•

Anotado el 20 de octubre de 1917. La anotación del cuaderno en octavo tenía una frase más: «Uno de los medios de seducción más eficaces que emplea el mal es la invitación a la lucha. Es como la lucha con las mujeres, que termina en la cama. Las verdaderas infidelidades del marido, bien entendidas, jamás son graciosas».

Después de copiar la versión abreviada y corregida en el papelito número 7, Kafka tachó el texto entero.

El mal es el motivo más recurrente en los aforismos de Kafka: véanse los aforismos 19, 28, 29, 39, 51, 54, 55, 85, 86, 95, 100, 105. En cuanto a la sexualidad de la mujer como medio del mal, véase igualmente el aforismo 105, donde la «mirada de la mujer» representa «el bien», pero lleva al mal (la cama, símbolo de la sexualidad).

Hay muchas otras entradas de tema afín en los cuadernos en octavo: «El mal es lo que desvía»; «El mal sabe del bien, pero el bien no sabe del mal»; «Sólo el mal se conoce a sí mismo»; «Un medio del mal es el diálogo»; «El mal es el cielo estrellado del bien»; «En el Paraíso como siempre: lo que causa el pecado y la capacidad de reconocerlo son una y la misma cosa. La conciencia lúcida es el mal, tan victorioso que ya ni siquiera toma en cuenta el salto de izquierda a derecha»; «El desolado horizonte del mal, ya en el conocimiento del bien y del mal, cree ver la igualdad con Dios. La maldición no parece empeorar nada en su esencia: con el vientre medirá la longitud del camino».

Una perra hedionda, gran paridora de crías, llena de ronchas de sarna, pero que en mi niñez lo fue todo para mí, que me sigue incansable guardándome fidelidad, a la que sería incapaz de pegar, pero ante la que retrocedo paso a paso para evitar que me alcance siquiera su aliento, aunque, a menos que haga algo distinto, me arrinconará en una esquina del muro que ya empiezo a ver para pudrirse allí encima de mí y conmigo, hasta el final—¿me honra eso?—, la carne purulenta y agusanada de su lengua en mi mano.

Eine stinkende Hündin, reichliche Kindergebärerin, stellenweise schon faulend, die aber in meiner Kindheit mir alles war, die in Treue unaufhörlich mir folgt, die ich zu schlagen mich nicht überwinden kann, vor der ich aber, selbst ihren Atem scheuend, schrittweise nach rückwärts weiche und die mich doch, wenn ich mich nicht anders entscheide, in den schon sichtbaren Mauerwinkel drängen wird, um dort auf mir und mit mir gänzlich zu verwesen, bis zum Ende —ehrt es mich?—das Eiter- und Wurm-Fleisch ihrer Zunge an meiner Hand.

•

Anotado el 21 de octubre de 1917. Originalmente la entrada llevaba el título «Una vida», y Kafka lo mantuvo cuando la transcribió en el papelito con los números 8/9, pero luego lo tachó.

El texto en el cuaderno en octavo hablaba al principio de un perro. Sólo una vez terminada la anotación sustituyó

Kafka todas las formas masculinas por femeninas y añadió «gran paridora de crías».

El papelito escrito por Kafka llevó primero el número 8, la cifra 9 la añadió después. Posiblemente creyó que al numerar los papelitos vacíos se había saltado por error el número 9, si bien cabe pensar que hubo efectivamente un papelito número 9 que Kafka destruyó más tarde.

A Max Brod le pareció tan repugnante que lo omitió cuando en 1931 publicó por primera vez los aforismos numerados por Kafka, y para que no se notase la omisión reenumeró los siguientes.

A. está muy ufano, cree que ha avanzado mucho en el bien, puesto que, como evidente objeto siempre seductor, se siente cada vez más expuesto a tentaciones hasta entonces enteramente desconocidas. Pero la explicación correcta es que un gran diablo se ha aposentado en su interior y la multitud de otros más pequeños acude a servir al grande.

A. ist sehr aufgeblasen, er glaubt im Guten weit vorgeschritten zu sein, da er, offenbar als ein immer verlockenderer Gegenstand, immer mehr Versuchungen aus ihm bisher ganz unbekannten Richtungen sich ausgesetzt fühlt. Die richtige Erklärung ist aber die, dass ein grosser Teufel in ihm Platz genommen hat und die Unzahl der kleineren herbeikommt, um dem Grossen zu dienen.

•

Anotado el 22 de octubre de 1917, justo después de las palabras: «Por la mañana, en la cama».

El día anterior Kafka había anotado una pieza en prosa que ofrece un contexto narrativo del motivo del demonio interior. Comienza con las palabras: «Sancho Panza, quien por cierto nunca se jactó de ello, logró con el paso de los años, aprovechando las tardes y las noches, apartar de sí a su demonio—al que más tarde dio el nombre de Don Quijote— por el método de proporcionarle una gran cantidad de libros de caballerías y novelas de bandoleros...».

La idea de uno o varios demonios «interiores» también se encuentra en numerosas cartas de Kafka. En 1912 explicó en sus diarios por qué es normal que sean muchos. En el verano de 1913 estudió la obra de Gustav Roskoff en dos tomos *Geschichte des Teufels* (1869, 'Historia del diablo').

Kafka encontró una confirmación de la idea de que las buenas personas están particularmente expuestas a múltiples tentaciones, pero a su vez son las que disponen de más medios para engañar al diablo, en un relato jasídico que escuchó en 1915: un gran rabino ordenó a uno de sus discípulos favoritos que se convirtiera por un tiempo al cristianismo a fin de «desviar a su demonio». De manera que el mal no es sólo algo «que desvía» (según la definición de Kafka), sino que también puede ser desviado.

«A.» no remite aquí a una persona real, sino a «alguien», la encarnación abstracta de un determinado comportamiento o de una característica humana, como resulta evidente en la siguiente anotación del cuaderno en octavo y en las correcciones correspondientes: «La indigencia espiritual de A. y el torpor de esa indigencia es una ventaja, le facilita la concentración, o más bien, es en sí misma concentración, lo cual significa, claro está, que pierde la ventaja que supone la aplicación de la fuerza de concentración».

Inicialmente, Kafka formuló esta anotación en primera persona («Mi indigencia espiritual...» y sólo posteriormente, tras varias correcciones, la trasladó a la tercera persona introduciendo el «A.» como sujeto del enunciado. La anotación que le sigue inmediatamente después comienza con las palabras: «A. está enredado en el siguiente engaño...».

Kafka usa la inicial «A.» en los aforismos 49 y 107.

Diferencia de las perspectivas que uno puede tener, por ejemplo, de una manzana: la perspectiva del niño pequeño que tiene que estirar el cuello para apenas llegar a ver la manzana sobre el tablero de la mesa, y la del señor de la casa que coge la manzana y se la ofrece libremente a otro comensal.

Verschiedenheit der Anschauungen, die man etwa von einem Apfel haben kann: die Anschauung des kleinen Jungen, der den Hals strecken muss, um noch knapp den Apfel auf der Tischplatte zu sehn, und die Anschauung des Hausherrn, der den Apfel nimmt und frei dem Tischgenossen reicht.

•

Anotado el 22 de octubre de 1917. El papelito que escribió Kafka llevaba primero el número 11, el 12 lo añadió más tarde. Tampoco en este caso está claro si en la numeración de los papelitos en blanco se saltó el número 12 por descuido o hubo un papelito número 12 que destruyó después.

El cuaderno en octavo indica que el ejemplo de la manzana no fue elegido al azar, como puede parecer, ya que allí la anotación termina con la frase: «Entre ambas se encuentra Eva». De modo que Kafka todavía tenía en mente el tema del Paraíso (véase el aforismo número 3, escrito dos días antes).

Este aforismo constituye un ejemplo del pensamiento

visual de Kafka: aunque en el Génesis no se hace mención explícita, Kafka imagina a Eva primero *elevando la mirada hacia* el fruto prohibido del árbol del conocimiento antes de cogerlo y entregárselo a su compañero. Dicho de otro modo, la primera «perspectiva» de la manzana fue la juvenil y luego fue la del hombre de la casa.

Un modo igual de gráfico al argumentar se halla en una carta a Milena Jesenská cuatro años más tarde. Al parecer, Jesenská caracterizó la sexualidad extramatrimonial sin compromiso como un mero «jugar con un balón», y Kafka comentó con aprobación: «Como si Eva hubiera arrancado la manzana (a veces creo entender el pecado original mejor que nadie) sólo para mostrársela a Adán, porque le gustaba. Lo decisivo fue morderla, el hecho de jugar con ella no estaba permitido, ciertamente, pero tampoco prohibido».

13

Un primer signo de conocimiento incipiente es el deseo de morir. Esta vida parece insoportable, otra, inalcanzable. Uno no se avergüenza más de querer morir; ruega desde la vieja celda que odia que lo lleven a otra nueva que todavía tiene que aprender a odiar. Un resto de fe actúa todavía en ello, quizá durante el transporte llegue casualmente el señor a través del pasillo, mire al prisionero y diga: «A este no hay que volverlo a encerrar. Se viene conmigo».

Ein erstes Zeichen beginnender Erkenntnis ist der Wunsch zu sterben. Dieses Leben scheint unerträglich, ein anderes unerreichbar. Man schämt sich nicht mehr, sterben zu wollen; man bittet aus der alten Zelle, die man hasst, in eine neue gebracht zu werden, die man erst hassen lernen wird. Ein Rest von Glauben wirkt dabei mit, während des Transportes werde zufällig der Herr durch den Gang kommen, den Gefangenen ansehen und sagen: »Diesen sollt Ihr nicht wieder einsperren. Er kommt zu mir«.

•

Anotado el 25 o el 26 de octubre de 1917.

En este aforismo llama la atención la desviación de Kafka de la semántica del lenguaje cotidiano: mientras que es posible «tener fe» en que suceda algo determinado incluso sin conocer su causa ni su importancia, es más probable «esperar» que se produzca un acontecimiento meramente casual.

El aforismo recuerda a un fragmento en prosa, que Kafka había anotado un año antes en su diario, en el que un condenado se aferra a la esperanza de que el verdugo que acaba de entrar en su celda no lo mate, sino que simplemente lo traslade a otra celda.

Tres meses después de escribir este aforismo, Kafka anotó en el cuaderno en octavo una variación del tema del prisionero: «El suicida es el prisionero que ve erigir un cadalso en el patio de la prisión y, creyendo erróneamente que está destinado a él, por la noche escapa de su celda, baja y él mismo se ahorca».

En años posteriores Kafka llevó aún más lejos la metáfora, desterrando toda esperanza: «Él se habría conformado con una cárcel. Llegar al final estando preso: eso sí sería una meta de su vida. Pero era una jaula de barrotes. Indiferente, imperativo, como si estuviera en su propia casa, el ruido del mundo entraba y salía a oleadas por entre los barrotes, el preso en realidad estaba libre, podía participar en todo, no se le escapaba nada de lo de fuera, incluso habría podido abandonar la jaula, los barrotes estaban a muchos metros unos de otros, él ni siquiera estaba preso»; «La celda de mi prisión, mi fortaleza»; «Todo es fantasía, mi familia, la oficina, mis amigos, la calle, todo fantasía, más lejana o más próxima, la mujer es la más próxima, lo único que es verdad es que te rompes la cabeza contra el muro de una celda sin ventanas y sin puerta».

Si fueras andando por una llanura, tuvieras la firme voluntad de caminar y aún así sólo dieras pasos hacia atrás, tal cosa sería desesperante; pero como tú asciendes ahora por una pendiente inclinada, tan empinada quizá como tú mismo visto desde abajo, los pasos atrás también pueden ser causados sólo por la naturaleza del terreno y tú no tienes que desesperar.

Giengest Du über eine Ebene, hättest den guten Willen zu gehn und machtest doch Rückschritte, dann wäre es eine verzweifelte Sache; da Du aber einen steilen Abhang hinaufkletterst, so steil etwa, wie Du selbst von unten gesehen bist, können die Rückschritte auch nur durch die Bodenbeschaffenheit verursacht sein und Du musst nicht verzweifeln.

•

Anotado el 3, 4 o 5 de noviembre de 1917. Después de copiar el texto en el papelito numerado como 14, lo tachó entero.

Kafka indica el contexto autobiográfico de esta anotación —y con ello quizá también el motivo de que la tachara— en la nota que sigue inmediatamente después en el cuaderno en octavo: «¿Firme voluntad? No pudiste controlar los pensamientos sobre Italia / leíste en voz alta P. Schlemihl».

Los «pensamientos sobre Italia» seguramente se relacionan con la muchacha de la que se enamoró en octubre de

1913 en Riva. El diario de Kafka prueba que todavía en julio de 1916, durante unas vacaciones en compañía de Felice Bauer, pensó en esa muchacha. En esa misma estancia en Marienbad, Kafka leyó en voz alta algunos textos a Felice Bauer, entre ellos, muy probablemente, *La maravillosa historia de Peter Schlemihl* de Adelbert von Chamisso, ya que cuando Kafka y Felice Bauer estaban prometidos mandaron como regalo un ejemplar de la obra a Grete Bloch, amiga de Felice. En la obra de Chamisso se cuenta la historia de un hombre que vende su sombra al diablo y, al hacerlo, se excluye de la sociedad humana.

El comentario autocrítico en el cuaderno en octavo puede entenderse, por consiguiente, como si Kafka hubiera saboteado la relación amorosa con Felice Bauer, incluso en el momento de la más intensa cercanía, por culpa de la preocupación que le causaban sus pensamientos eróticos secretos, y de haber escogido estratégicamente como lectura compartida un texto que revelase a Felice, de un modo dolorosamente obvio, el incurable y autoimpuesto aislamiento de su enamorado. En vista del inminente final del compromiso matrimonial, Kafka dudaba de haber mostrado siempre su «firme voluntad» de seguir adelante con Felice.

El aforismo mismo ofrece una variación más de la metáfora del camino, tan querida para Kafka; véase el comentario al aforismo 1.

Como un camino en otoño: apenas queda bien barrido, se cubre otra vez con las hojas secas.

Wie ein Weg im Herbst: kaum ist er rein gekehrt, bedeckt er sich wieder mit den trockenen Blättern.

•

Anotado el 6 de noviembre de 1917.

De nuevo una variación de la metáfora del camino. Cabe suponer que sugiere que, con el paso del tiempo, incluso el «camino verdadero» que ya se había descubierto puede volverse irreconocible. En el momento en que Kafka escribió este aforismo tuvo ocasión de contemplar la imagen de tales caminos durante los largos paseos otoñales que daba por Zürau y sus alrededores.

Una jaula fue en busca de un pájaro.

Ein Käfig ging einen Vogel suchen.

•

Anotado el 6 de noviembre de 1917. En el cuaderno en octavo se lee: «Una jaula fue a cazar un pájaro». La corrección se realizó al copiar el aforismo en el papelito número 16.

La diferencia entre las dos versiones es significativa. Al principio Kafka pensó evidentemente en un acto de dominación y sometimiento: la jaula es el «autor del delito» y el pájaro «la víctima». Después, difuminó los contornos de la imagen: sin duda, la jaula privará de libertad al pájaro tan pronto como lo encuentre, pero no parece sugerirse que pueda hacer nada más que eso. La jaula y el pájaro se encontrarán. Esto expresa con mucha más exactitud la idea de Kafka según la cual quien pierde su libertad o está cautivo invariablemente pone algo de su parte y, por consiguiente, tiene alguna responsabilidad.

La segunda y definitiva forma del aforismo, aparentemente más inocua, puede aplicarse a múltiples circunstancias sociales: la mujer que busca alguien que la mantenga, la empresa que busca a un empleado leal, etcétera. No es posible deducir de este breve aforismo en qué clase de jaula pensaba Kafka concretamente.

También queda abierta la pregunta de si el «pájaro» alude al apellido de Kafka; véase el comentario al aforismo 32.

Nunca estuve antes en este lugar: se respira de otra manera, más resplandeciente que el sol brilla junto a él una estrella.

An diesem Ort war ich noch niemals: anders geht der Atem, blendender als die Sonne strahlt neben ihr ein Stern.

•

Anotado el 7 o el 8 de noviembre de 1917.

En Kafka, el sol y las estrellas metaforizan no sólo lo que está muy lejos, sino también lo que es radicalmente diferente tanto en sentido positivo como negativo. Pocas semanas después de anotar este aforismo, apuntó en el cuaderno en octavo: «Quien cree no puede vivir ningún milagro. De día no se ven las estrellas». Y más adelante: «El mal es el cielo estrellado del bien».

También se sirvió de esta imagen para caracterizar a Kierkegaard, cuyos escritos estudió en Zürau. En la primavera de 1918 escribió a Max Brod en este sentido: «El vecino de al lado se ha convertido en una especie de astro, tanto por mi admiración, como por cierta frialdad de mi simpatía». Y pocas semanas después reunió de nuevo las imágenes del sol y de lo distante, presumiblemente en referencia directa a este aforismo (que el destinatario, Oskar Baum, por supuesto, desconocía): «Kierkegaard es un astro, pero sobre una región que me resulta casi inaccesible».

En este marco conceptual, la región lejana no sólo es un

lugar diferente, sino también un estado diferente, como parece indicar en este aforismo la afirmación de que allí «se respira de otra manera» que no caracteriza el lugar, sino más bien el efecto que tiene en el visitante.

En una entrada de sus diarios escrita años más tarde, Kafka revela que la añoranza de algo radicalmente diferente es la idea central de esta imagen: «No quiero desarrollarme de una manera determinada, quiero estar en otro sitio, esto es en verdad aquel "querer-ir-a-otro-astro", me bastaría estar a mi lado, me bastaría con poder captar como otro sitio el sitio donde estoy».

18

Si hubiera sido posible construir la torre de Babel sin escalarla, habría estado permitido.

Wenn es möglich gewesen wäre, den Turm von Babel zu erbauen, ohne ihn zu erklettern es wäre erlaubt worden.

•

Anotado el 9 de noviembre de 1917.

Es posible que Kafka encontrase una sugerencia para este pensamiento en la antología *Die Sagen der Juden* (1913-1927, 'Las leyendas de los judíos'). En el segundo volumen de esta obra se dice que la intención de quienes construyeron la torre había sido básicamente buena, ya que la torre quería representar la medida de la altura divina, de modo que lo único reprobable fue el intento de utilizar la torre para ascender al cielo. (El primer tomo de *Die Sagen der Juden* se hallaba en posesión de Kafka).

Tres años más tarde, Kafka escribió el fragmento en prosa titulado «El escudo de la ciudad» (título de Max Brod), una historia del fracaso en la construcción de la torre condensada en dos páginas impresas.

La metáfora de la torre tuvo que haber sido de mucha importancia para Kafka durante largo tiempo, puesto que la desarrolló en distintas ocasiones. A Max Brod le escribió acerca de los «sucesos en un piso del interior de la torre babilónica, y en Babel nadie sabe en absoluto lo que hay arriba o abajo». Y todavía en el otoño de 1922 anotó: «Cavamos el pozo de Babel».

El pensamiento expresado en este aforismo también se encuentra en el aforismo 69, aunque sin ropaje mitológico.

19

No dejes que el mal te haga creer que puedes ocultarle secretos.

Lass Dich vom Bösen nicht glauben machen, Du könntest vor ihm Geheimnisse haben.

•

Anotado el 10 o el 11 de noviembre de 1917. En el cuaderno en octavo la frase dice: «No dejes que te hagan creer que podrías ocultar secretos al mal». La importante corrección del contenido se efectuó durante la copia en el papelito.

La idea de que el mal dispone de cantidad de refinamientos para extender su influencia ha sido un motivo recurrente en la literatura, como ilustra el *Fausto* de Goethe, el ejemplo más prominente.

El aforismo de Kafka retoma esa idea y la revisa para darle otra vuelta de tuerca: no sólo es ilusorio suponer que uno puede ocultar determinados sentimientos y pensamientos al mal una vez que éste nos invade, sino que la ilusión misma de que eso es posible se debe a una insinuación del mal. El mal «sabe», por lo tanto, que nos defenderemos de su influencia, de ahí que intente proporcionarnos una estrategia defensiva inútil pero prometedora. En el aforismo 28 se retoma este pensamiento, y en el 29 se amplia.

El aforismo 95 nos señala que hay otros mecanismos defensivos contra el mal sorprendentemente sencillos.

Para la personificación del mal, véanse, además, los aforismos 7, 28 y 51, así como el comentario al aforismo 7. Este tópico también aparece en las cartas de Kafka: «Con eso yo le habría dado al mal lo que le corresponde».

20

Leopardos irrumpen en el templo y se beben el agua de las cráteras sacrificiales hasta vaciarlas; esto se repite una y otra vez; al final puede contarse con ello por anticipado y se convierte en parte de la ceremonia.

Leoparden brechen in den Tempel ein und saufen die Opferkrüge leer; das wiederholt sich immer wieder; schliesslich kann man es vorausberechnen und es wird ein Teil der Ceremonie.

•

Anotado el 10 o el 11 de noviembre de 1917.

Kafka tenía un interés especial por el origen de los rituales religiosos, como atestigua una entrada del diario de junio de 1916, época en que estaba leyendo la obra recién publicada *Gudstrons uppkomst* (1914, 'El origen de la creencia en Dios') del estudioso de las religiones sueco Nathan Söderblom (galardonado con el Premio Nobel de la Paz en 1930).

Kafka anotó diversos pasajes de este libro, por ejemplo, sobre las prácticas rituales de la cultura de una tribu de Australia Central: «Los propios hombres crearon en los primeros tiempos, mediante ceremonias, los animales totémicos. Los ritos sagrados produjeron por sí mismos, por lo tanto, el objeto al que están dirigidos». Tales casos ilustraban que el ritual se practicaba antes de que su objeto se hubiera definido claramente. El ejemplo de los leopardos, sin embargo, probablemente fue una invención de Kafka.

El recurso a la etnología y su dimensión histórica y cultural, que se aprecia en este aforismo, es insólito en el legajo de las anotaciones de Zürau.

21

Tan firme como la mano sujeta la piedra. Aunque la sujeta con tanta firmeza sólo para lanzarla más lejos. Pero también a esa lejanía conduce el camino.

So fest wie die Hand den Stein hält. Sie hält ihn aber fest, nur um ihn desto weiter zu verwerfen. Aber auch in jene Weite führt der Weg.

•

Anotado entre el 12 y el 17 de noviembre de 1917. En el cuaderno en octavo Kafka había escrito «un camino» pero lo cambió por «el camino».

Kafka ya había usado la metáfora de «tirar una piedra en el mundo» siete años antes en una carta a Max Brod, si bien en otro contexto muy distinto: para el cumpleaños de Brod, le regaló dos libros y un guijarro (que todavía hoy se encuentra en el legado de Max Brod) y prometió enviarle a partir de entonces un guijarro cada año.

El 19 de octubre de 1917 —el mismo día en que también escribió el aforismo 1 sobre el «camino verdadero»— Kafka anotó en el cuaderno en octavo: «¿Cómo quieres atreverte siquiera a acometer la tarea más grande... si no puedes contenerte de tal modo que cuando llegue el momento decisivo sostengas en una mano tu ser entero como una piedra para lanzarla?».

Así pues, este aforismo muestra de manera muy gráfica cómo surge una imagen mental completamente nueva de la fusión de dos ideas metafóricas («lanzar la piedra» y «camino»), un procedimiento muy característico de Kafka.

La corrección sugiere que cuando escribió este aforismo la idea de un «camino verdadero» seguía presente en su imaginación; véase el comentario al aforismo 1.

22

Tú eres la tarea. Ningún alumno a lo largo y ancho.

Du bist die Aufgabe. Kein Schüler weit und breit.

•

Anotado entre el 12 y el 17 de noviembre de 1917.

La sorprendente afirmación «Tú eres...» en lugar del más común «Tú tienes...» no es sólo una agudeza para lograr un mayor efecto literario, sino que tiene un segundo significado oculto: si el yo y la tarea son una y la misma cosa, el yo dejará de existir tan pronto como la tarea quede concluida.

Sabemos que Kafka era consciente de esta consecuencia por una carta a Max Brod escrita dos meses *antes* que este aforismo. Refiriéndose a los problemas existenciales a los que ambos se enfrentaban, Kafka le escribió: «Aflicción, aflicción, ésa es nuestra naturaleza, y si finalmente consiguiéramos desprendernos de ella (una labor que tal vez sólo sepan hacer las mujeres) tú y yo pereceríamos».

La idea de que no es posible aliviar de forma aislada los conflictos y problemas psíquicos sin arriesgarse a destruir el propio ser también es un tema frecuente en la correspondencia con Felice Bauer. Precisamente en esta convicción se basa en definitiva el profundo escepticismo de Kafka hacia el enfoque terapéutico del psicoanálisis, que calificaba de «torpe error».

Estrechamente emparentadas con este aforismo están

una anotación más del cuaderno en octavo y una entrada del diario fechada en 1922. En ambos casos la tarea crea un sentimiento de identidad, pese a que no se trata de una solución definitiva de la misma: «El hecho de que nuestra tarea sea tan grande como nuestra vida le da una apariencia de infinitud»; «Por lo que yo sé, para nadie fue tan pesada la tarea. Podría decirse: no es una tarea, ni siquiera es imposible, ni siquiera es la imposibilidad misma, no es nada, ni siquiera es lo que el hijo esperado por una mujer estéril. Pero es, sin embargo, el aire en que respiro, mientras respire». Véase también el aforismo 94.

23

Del verdadero enemigo te llega un valor ilimitado.

Vom wahren Gegner fährt grenzenloser Mut in Dich.

•

Anotado entre el 12 y el 17 de noviembre de 1917.

El «enemigo» pertenece al entramado de metáforas asociadas a la lucha, un tema por el que Kafka sentía una predilección especial, tanto en sus cartas y anotaciones privadas como en sus obras. La coherencia de la imagen central de la lucha exige un «enemigo», lo que a Kafka no le impidió usar esta metáfora también de forma aislada. Por consiguiente, el «enemigo», por abstracta que sea su concepción, no es ningún «poder», sino sencillamente eso con lo que uno tiene que luchar: circunstancias adversas, carencias o defectos, tentaciones perniciosas o enemigos personales.

La expresión «verdadero enemigo» indica que Kafka pensaba que había distintos niveles de enemigos, análogamente a la diferencia entre el «camino verdadero» y los demás caminos. El verdadero enemigo es crucial y por consiguiente la lucha contra este enemigo será crucial, merecerá la pena y será deseable.

Kafka también usó en ocasiones este tipo de metáforas privadas con sus amigos. Un ejemplo se encuentra en una carta a Max Brod fechada pocas semanas antes de escribir este aforismo, cuando Brod se había quejado de los problemas de composición que le planteaba su nueva novela *Das Grosse Wagnis* ['El gran riesgo']. Kafka intentó transmitir a Brod que, precisamente por esos problemas, era digno de envidia: «Ésta es la verdadera lucha, vale la vida y la muerte, queda por ver si uno la supera o no. Pero al menos uno ha visto al enemigo, o siquiera su sombra en el cielo».

En *Carta al padre* (1919), Kafka caracteriza a su padre como enemigo absolutamente *desalentador*: «Era imposible mantener hasta el final el coraje, la determinación, la esperanza o la alegría por una cosa si tú estabas en contra o simplemente se podía suponer que lo estarías; y cabía suponerlo casi siempre». Por lo tanto, de acuerdo con la definición de Kafka, aunque el padre era ciertamente un enemigo todopoderoso, no era en absoluto un «verdadero enemigo», una distinción importante en su vida.

24

Entender la suerte de que el suelo sobre el que estás no puede ser más grande que los dos pies que lo cubren.

Das Glück begreifen, dass der Boden, auf dem Du stehst, nicht grösser sein kann, als die zwei Füsse ihn bedecken.

•

Anotado entre el 12 y el 17 de noviembre de 1917.

El aforismo ilustra una vez más la voluntad de Kafka de llegar al límite de lo posible gramaticalmente, o incluso un poco más allá, por mor de la economía lingüística. La formulación más convencional «... que el suelo que pisas no puede ser más grande que la superficie que cubren tus dos pies» habría supuesto una duplicación de «suelo» en sentido metafórico y «superficie» en sentido literal, que Kafka habría querido evitar.

El uso metafórico de la palabra *suelo* es frecuente en Kafka, tanto en sentido negativo («estar tirado en el suelo») como en sentido positivo («tener suelo firme bajo los pies»). En particular, durante años se lamentó de no tener «suelo firme bajo los pies» tanto al escribir a otras personas como en sus monólogos en un tono de autorreproche.

Muy pronto observó que el soltero solitario tiene «únicamente el suelo que ocupan sus pies», y en Zürau anotó que, retrospectivamente, «la carencia de suelo, de aire, del mandamiento» lo había hecho «fallar en todo».

En una carta a Max Brod de 1922, Kafka reiteró la queja: «En qué terreno más inestable, o más bien inexistente, vivo», y a continuación aplicaba ese diagnóstico en general a la frágil existencia del escritor: «Tal figura no tiene donde apoyarse, no tiene un suelo, ni siquiera polvo; apenas es posible en la vida terrenal, es sólo una construcción de la autocomplacencia».

El aforismo 24 es la única manifestación conocida de Kafka en la que va más allá del triste uso convencional de la metáfora del suelo e introduce en ella una nueva dimensión, cuasi utópica: la posibilidad de pisar suelo firme sin el compromiso, o incluso la coacción, de tener que compartirlo con otros.

25

¿Cómo puede uno alegrarse del mundo salvo cuando huye a él?

Wie kann man sich über die Welt freuen, ausser wenn man zu ihr flüchtet?

•

Anotado entre el 12 y el 17 de noviembre de 1917.

En los cuadernos en octavo hay numerosas anotaciones sobre la relación entre el mundo de los sentidos y el mundo espiritual, conceptos que Kafka toma de la doctrina de las Ideas de Platón (véanse los aforismos 54, 57, 62, 85 y 97). Cuando el concepto de «mundo» aparece solo (como en los aforismos 41, 44, 52, 53, 60, 61, 64, 102, 103 y 105, y en la segunda anotación en el papelito 109) siempre se alude al mundo de los sentidos.

Puesto que aparte de estos dos mundos—de los cuales uno es ilusorio—no hay otros, en el presente aforismo sólo puede aludirse a la huida del mundo espiritual y sus obligaciones, una huida que inevitablemente conduce al mundo de los sentidos.

Aunque el aforismo parece delatar la desconfianza hacia el mundo material de los sentidos, no debe suponerse sin más el desprecio del mundo terrenal, tal como ocurre en el cristianismo, por ejemplo. Esta imagen mental sugiere más bien la tentación de «huir de las cosas esenciales para abrazar las secundarias», tal como Kafka lo expresó en una carta a Felice Bauer, una huida motivada por la sensación de estar abrumado por las «cosas esenciales» (por ejemplo, la verdad de una relación humana), que posiblemente hace que las cosas sensoriales y «secundarias» parezcan más atractivas y gratas (si hace falta, uno se convence de que es así).

Una radicalización de este pensamiento se encuentra en una anotación del diario, fechada años más tarde: «Huir a una tierra conquistada y encontrarla insoportable enseguida, puesto que ya no es posible huir a ningún sitio». Es probable que el motivo de esta reflexión fuera la cuestión de Palestina, que fue muy discutida en el entorno personal de Kafka, pero el impersonal «se» cambia de inmediato el sentido y lo traslada a la esfera existencial: la huida, *toda* huida, constituye un autoengaño.

26

Escondites hay incontables, salvación sólo una, pero posibilidades de salvación, de nuevo tantas como escondites.

_____

Hay una meta, pero ningún camino; lo que llamamos camino es vacilación.

_____

Verstecke sind unzählige, Rettung nur eine, aber Möglichkeiten der Rettung wieder soviele wie Verstecke.

_____

Es gibt ein Ziel, aber keinen Weg; was wir Weg nennen, ist Zögern.

•

El primer aforismo lo anotó Kafka el 18 de noviembre de 1917 (fecha del trigésimo cumpleaños de Felice Bauer), pero después de trasladarlo al papelito número 26 lo tachó. En cuanto al segundo, que data del 17 de septiembre de 1920, lo copió de un legajo de anotaciones de años posteriores y lo incluyó en el papelito.

El aforismo 26 guarda una relación inmediata con el anterior, y en el cuaderno en octavo simplemente los separa una línea transversal. El «escondite» es el punto final de la «huida» al mundo de los sentidos. La salvación sólo puede consistir en invertir el camino de fuga, volver a liberarse de la falsedad y el vacío del mundo de los sentidos.

Sin embargo, esta inversión es posible desde cualquier «escondite». Todo interés humano, toda actividad, por mundana que sea, puede convertirse en algo significativo: por ejemplo, el trabajo artesanal que se ejecuta con indiferencia y sólo para ganar dinero puede realizarse de manera consciente y con afán de perfección. La actitud de Kafka al respecto, que expresó a menudo, estaba claramente influenciada por el movimiento de la Lebensreform ['La reforma de la vida'], que abogaba por el retorno a la naturaleza. Como le había escrito a Max Brod doce días antes: «Si no hay incontables posibilidades de liberación, y sobre todo posibilidades a cada instante de nuestra vida, quizá no haya ninguna en absoluto».

En cuanto al segundo aforismo de época posterior, inicialmente la primera frase decía: «Sólo hay meta, no camino». De ahí salió: «Sólo hay una meta, ningún camino». La versión definitiva surgió al copiar el aforismo en el papelito.

El enunciado ilustra el pensamiento esencialista de Kafka: si la meta es conforme a mi naturaleza, forma parte de mí, de modo que no necesito ningún camino, y la única razón por la que no he podido alcanzar esa meta es que vacilo en atenerme a mi naturaleza. El «verdadero camino» (véase el aforismo 1) se reduce a un salto.

La imagen de la inexistencia de transiciones ya había aparecido dos años antes en el diario: «Pero las preguntas que no se responden a sí mismas en el momento en que surgen no son respondidas jamás. No hay distancias entre quien pregunta y quien responde. No hay distancias que superar. De ahí que sea absurdo preguntar y esperar».

Hacer lo negativo aún se nos impone, lo positivo ya se nos ha dado.

Das Negative zu tun, ist uns noch auferlegt, das Positive ist uns schon gegeben.

•

Anotado el 18, 19 o 20 de noviembre de 1917.

En una anotación en el cuaderno en octavo de la que procede el aforismo 97 (véase el comentario que lo acompaña), Kafka señala explícitamente como opuestos «este mundo» y lo «positivo». Lo positivo es, por consiguiente, atribuible al mundo del espíritu—si no es un sinónimo—, mientras que lo negativo equivale al mundo de los sentidos.

El estatus ontológico de estos dos mundos es distinto: el mundo espiritual es real y autónomo, el sensorial es una ilusión, un engaño, un decorado (véanse los aforismos 54 y 62). De ahí que lo positivo sea «dado» desde siempre, da igual si lo conocemos y actuamos en consecuencia, mientras que los fastos del mundo de los sentidos exigen que nos convirtamos en participantes activos.

En las anotaciones de Kafka, la demarcación entre los conceptos «positivo/negativo», «bueno/malo» y «espiritual/sensual» es imprecisa y en ocasiones se yuxtaponen. De acuerdo con el aforismo 54 se da incluso «maldad en el mundo espiritual».

Cuando uno ha acogido al mal en su interior ya no exige más que creamos en él.

Wenn man einmal das Böse bei sich aufgenommen hat, verlangt es nicht mehr, dass man ihm glaube.

●

Anotado el 21 o el 22 de noviembre de 1917.

Este aforismo retoma la idea del 19, a saber, que el mal seduce con suposiciones e ideas equivocadas que sirven de justificación al individuo. A partir del instante en que el mal nos infecta ha logrado su cometido: las justificaciones pierden su función y al mal le resulta indiferente que las mantengamos. Esta idea se adecua a la observación psicológica de que en el comportamiento de la persona acostumbrada a traspasar los límites de la moral el hecho de que siga creyendo o no en sus antiguas excusas y racionalizaciones carece de relevancia.

Sobre la personificación del mal, véanse los aforismos 7, 29 y 51, así como el comentario al aforismo 7.

Los pensamientos secretos con los que acoges en ti al mal no son los tuyos, sino los del mal.

————

El animal arrebata el látigo de las manos del amo y se azota a sí mismo para convertirse en amo, y no sabe que esto es sólo una fantasía nacida de un nuevo nudo en la correa del látigo del amo.

Die Hintergedanken, mit denen Du das Böse in Dir aufnimmst, sind nicht die Deinen, sondern die des Bösen.

————

Das Tier entwindet dem Herrn die Peitsche und peitscht sich selbst, um Herr zu werden und weiss nicht dass das nur eine Phantasie ist, erzeugt durch einen neuen Knoten im Peitschenriemen des Herrn.

•

El primer texto fue anotado el 21 o el 22 de noviembre de 1917. El segundo, de octubre de 1920, Kafka lo copió de un legajo de anotaciones posteriores y lo incluyó en el papelito.

Los aforismos 19 y 39 aclaran de qué clase de «pensamientos secretos» se trata según Kafka: en un caso, alude a la ilusión de que es posible minimizar el daño reservándose «secretos» frente al mal, es decir, manteniendo a salvo de su influencia una parte de la propia personalidad; en el otro caso, alude a la esperanza, igualmente ilusoria, de que es posible pagar de una manera social y psicológicamente aceptable el precio que el mal nos exige. En ambos casos se trata de maneras de tranquilizarse que en realidad son trampas. En este sentido, el aforismo ofrece una generalización de los aforismos 19 y 39.

Kafka dudaba de que existieran expresiones humanas que no ocultaran intenciones ocultas: «En determinado nivel del conocimiento de uno mismo [...] ha de ocurrir sin duda que uno se encuentre a sí mismo abominable [...] Uno acaba por ver que no es otra cosa que una ratonera llena de miserables pensamientos secretos. Ni el menor acto queda libre de esos pensamientos secretos».

El segundo texto, de época más tardía, Kafka lo citó entero en una carta a Milena Jesenská, poco después de su concepción. El comportamiento caracterizado en él sería «la estupidez», añadió.

La imagen del látigo ya aparece en una anotación del diario, que data de otoño de 1916, cuando Kafka leía la obra de Friedrich Wilhelm Foerster *Jugendlehre* (1904, 'El aprendizaje de la juventud'): «Nos es lícito fustigarnos de propia mano con el látigo de la voluntad». El aforismo 31 evidencia el escepticismo de Kafka con respecto a una educación del carácter basada en el autodominio (véase el comentario a dicho aforismo).

El bien es en cierto sentido desconsolador.

Das Gute ist in gewissem Sinne trostlos.

•

Anotado el 21 o el 22 de noviembre de 1917. Tachado tras copiarlo en el papelito.

Dos entradas más en el cuaderno en octavo rezan: «El mal sabe del bien, pero el bien no sabe del mal»; «Sólo el mal se conoce a sí mismo».

Por lo tanto, el bien no conoce ni a su contrario ni a sí mismo. Descansa en sí, es estático y hermético; le falta, a diferencia del mal, todo dinamismo y capacidad de desarrollo. (La superficialidad de incontables personajes «bondadosos» en la literatura y en el cine ilustra este hecho).

De ahí que la existencia del bien no sea necesariamente consoladora, en el sentido de proporcionar consuelo. Este otro significado del aforismo resulta aún más evidente en el aforismo 62, en el que se afirma que la existencia misma del mundo espiritual nos roba la esperanza y, en consecuencia, no nos ofrece ningún consuelo.

No obstante, en otro sentido, también el mal personificado resulta desconsolador. Una entrada en el cuaderno en octavo, tachada más tarde, comienza con estas palabras: «El desconsolador horizonte del mal, que en el conocimiento del bien y del mal cree ver su igualdad con Dios».

No aspiro al autodominio. Autodominio significa querer
producir efecto en un punto casual de los infinitos rayos
de mi existencia espiritual. Pero si tengo que trazar tales
círculos a mi alrededor, entonces mejor lo hago sin actuar,
en la pura admiración del gigantesco complejo, y me llevo
a casa sólo el fortalecimiento que *e contrario* me proporciona esa mirada.

*Nach Selbstbeherrschung strebe ich nicht. Selbstbeherr-
schung heisst: an einer zufälligen Stelle der unendlichen
Ausstrahlungen meiner geistigen Existenz wirken wollen.
Muss ich aber solche Kreise um mich ziehn, dann tue ich es
besser untätig im blossen Anstaunen des ungeheuerlichen
Komplexes und nehme nur die Stärkung, die e contrario
dieser Anblick gibt, mit nachhause.*

•

Anotado el 23 de noviembre de 1917.

A instancias de Kafka, a partir de agosto de 1916 Felice
Bauer trabajó como voluntaria en el Hogar Social Judío de
Berlín, que albergaba a niños judíos refugiados proceden-
tes del Este. En septiembre, los voluntarios leyeron juntos
Jugendlehre ['El aprendizaje de la juventud'], de Friedrich
Wilhelm Foerster, lo cual motivó a Kafka para ocuparse de
la pedagogía del autor. Los pilares del pensamiento de este
pedagogo eran el desarrollo de la conciencia, el autodomi-

nio y el cultivo de una voluntad autónoma. Kafka reconoció la latente contradicción y enseguida sospechó que, en realidad, el autor proponía la internalización de la *voluntad* ajena, como anotó en sus *Diarios*: «Nos es lícito fustigarnos de propia mano con el látigo de la voluntad».

Este aforismo muestra el escepticismo de Kafka con respecto a la virtud del autodominio. Tres semanas después de escribirlo, en una carta a Max Brod mencionó la «pedagogía del autocontrol, que a mí me parece siempre tan torpe». Tres años más tarde, las dudas de Kafka se concretaron en un rechazo manifiesto; véase al respecto el texto añadido en el papelito número 29, que también incorpora la imagen del látigo.

Seguramente Kafka conocía la expresión *e contrario* ['a la inversa'] del derecho, donde denota 'la conclusión que cabe suponer correcta dado que no la refuta ningún caso'.

32

Los grajos afirman: un solo grajo podría destruir el cielo. Esto es indudable, pero no prueba nada contra el cielo, pues *cielo* significa precisamente: imposibilidad de grajos.

Die Krähen behaupten, eine einzige Krähe könnte den Himmel zerstören. Das ist zweifellos, beweist aber nichts gegen den Himmel, denn Himmel bedeutet eben: Unmöglichkeit von Krähen.

•

Anotado el 23 de noviembre de 1917.

El grajo pertenece a las múltiples alusiones, en parte privadas, que a Kafka le gustaba introducir en sus textos literarios: los grajos son parientes cercanos de las grajillas—ambos pertenecen a la familia de los córvidos—, y *kavka* es la palabra checa para 'grajilla'.

Los fragmentos sobre «El cazador Gracchus», que también datan de 1917, sugieren que el uso de la palabra era una alusión deliberada, puesto que en italiano *gracchio* es la grajilla de los Alpes.

Parece que la visión de los grajos recortados sobre un fondo claro y puro debió de impresionar a Kafka como una imagen estéticamente atractiva, misteriosa y cargada de significado. Cuando, en noviembre de 1912, Kafka se personó ante un tribunal de primera instancia como mandatario judicial del Instituto de Seguros de Accidentes de Trabajo de Praga y consiguió una suma diez veces mayor de lo esperado, se quejó de tal resultado con Felice Bauer: «"Deberías haberte defendido contra el éxito", me decía durante el viaje de regreso mientras contemplaba los grajos sobre los campos nevados». También en *El castillo* la torre aparece rodeada de «enjambres de grajos».

33

Los mártires no subestiman el cuerpo, dejan que lo eleven en la cruz, en esto están de acuerdo con sus enemigos.

Die Märtyrer unterschätzen den Leib nicht, sie lassen ihn auf dem Kreuz erhöhn, darin sind sie mit ihren Gegnern einig.

•

Anotado el 23 de noviembre de 1917. Tachado después de copiarlo en el papelito.

Llama la atención que Kafka también tachara posteriormente la referencia cristiana en el único otro aforismo que contiene el concepto de «cuerpo» (véase el comentario al aforismo 102). Esto podría indicar por qué Kafka lo tachó en éste.

Kafka raramente usó el concepto de «mártir» o de «martirio», y las pocas veces que lo hizo casi siempre tenía un sentido metafórico y cotidiano (nunca político, como a menudo tenía en el periodismo judío).

Sin embargo, es sorprendente que tan sólo un día después de la transcripción de este aforismo en el papelito, Kafka reflejase al mártir otra vez desde una perspectiva ética y crítica del conocimiento: «El celibato y el suicidio se encuentran en un nivel similar de conocimiento; el suicidio y la muerte por martirio, no, de ningún modo; en cambio, el matrimonio y la muerte por martirio quizá sí».

Lo común entre estos duplos aparentemente irreconciliables es el talante ético de cada uno de ellos con respecto al mundo: el celibato y el suicidio son formas de huida, el matrimonio y la muerte en el martirio, en cambio, significan para Kafka la confrontación abierta con una exigencia más alta.

Su cansancio es el del gladiador después de la lucha, su trabajo fue blanquear un rincón en la oficina de un funcionario.

Sein Ermatten ist das des Gladiators nach dem Kampf, seine Arbeit war das Weisstünchen eines Winkels in einer Beamtenstube.

•

Anotado el 24 de noviembre de 1917.

Kafka sentía debilidad por contrastar juguetonamente las «gestas heroicas» inmortalizadas en los libros escolares con sus luchas, más profanas pero igualmente agotadoras, relacionadas con el matrimonio y la profesión. Así, también en una carta desde Zürau, escribió: «Conocimiento del primer peldaño. El primer peldaño de esa escalera en cuya cima me aguardará serenamente el lecho nupcial como recompensa y sentido de mi humana (y prácticamente napoleónica) existencia. Pero no me aguardará, y yo, así está determinado, no iré más allá de Córcega».

Dos veces elaboró literariamente este motivo y en ambos casos—al igual que en este aforismo—la oficina es el punto más bajo de la caída del personaje. En la pieza «El nuevo abogado» (1917), *Bucéfalo*, el corcel de Alejandro Magno, se ha convertido en doctor en Derecho y ejerce de abogado. En «Poseidón hacía cálculos» (1920), el dios del mar aparece sentado en su escritorio, mañana y tarde, cual malhumorado contable burócrata, y su reino se reduce a un distrito administrativo.

También en una extensa carta de autojustificación que Kafka escribió en 1919 a la hermana de su segunda prometida—Julie Wohryzek—, comparó la heroica «hazaña» de ella con la necia y ridícula «oficina»: «Tú, que tienes que luchar por tu íntima subsistencia incansablemente y con todas tus fuerzas, que ni siquiera bastan, tú quieres ahora fundar un hogar propio, ¿y acaso no es esa la hazaña más necesaria y afirmativa, pero también la más audaz? ¿De dónde sacarás las fuerzas para realizarla? […] A mí me agota el insignificante papeleo en la oficina».

No hay un tener, sólo un ser, sólo un ser que anhela el último aliento, la asfixia.

Es gibt kein Haben, nur ein Sein, nur ein nach letztem Atem, nach Ersticken verlangendes Sein.

•

Anotado el 24 de noviembre de 1917. En el cuaderno en octavo esta anotación primero rezaba: «No hay ninguna posesión, sólo un ser, sólo un ser que aspira al último aliento, a la asfixia».

Toda forma de posesión, según este aforismo, pertenece al mundo de los sentidos, por consiguiente, no es ni esencial ni duradera. «Ser», en cambio, es el núcleo indestructible del ser humano, su «verdad», que es tanto individual como universalmente humana (véanse los aforismos 70 y 71).

Este aforismo refleja la idea de Kafka según la cual la esencia de cada persona es invariable y—consciente o inconscientemente—cada cual aspira a vivir en consonancia con esta esencia. Éste es el único «ser» verdadero y al mismo tiempo una «liberación», tal y como Kafka lo definió en el cuaderno en octavo (véase al respecto el comentario al aforismo 37, que está estrechamente relacionado con éste).

La imagen de la muerte que Kafka utiliza sugiere que el «ser», puesto que pertenece al mundo espiritual, tiene la tendencia y el anhelo de liberarse del mundo físico. Ya en el aforismo 17 había fantaseado con un lugar en el que «se respira de otra manera».

Un elemento de la estrategia psicológica de Kafka para hacer frente a su tuberculosis pulmonar era transformar en metáforas las manifestaciones físicas y las amenazas que suponían, así como la enfermedad misma, que fue adquiriendo con el tiempo un mayor significado simbólico para él. En una carta que escribió a Felix Weltsch desde Zürau unos dos meses después de conocer el diagnóstico y cinco semanas antes de escribir este aforismo, Kafka había insistido expresamente en que la asfixia, la respiración y hasta el jadear se habían convertido para él en metáforas: «La vida en el pueblo es encantadora y así me lo sigue pareciendo. La casa de Ottla está en Ringplatz, así que cuando miro por la ventana veo una casita al otro lado de la plaza y detrás de ella diviso el campo abierto. ¡Qué puede ser mejor, en todos los sentidos, para respirar aire puro! Sin embargo, mi respiración es un trabajoso jadeo, en todos los sentidos, aunque el material sea el menos grave, pero en cualquier otro lugar estaría al borde de la asfixia, algo que, por lo demás, sé por experiencia pasiva y activa que puede soportarse durante años».

Früher begriff ich nicht, warum ich auf meine Frage keine Antwort bekam, heute begreife ich nicht, wie ich glauben konnte fragen zu können. Aber ich glaubte ja gar nicht, ich fragte nur.

Früher begriff ich nicht, warum ich auf meine Frage keine Antwort bekam, heute begreife ich nicht, wie ich glauben konnte fragen zu können. Aber ich glaubte ja gar nicht, ich fragte nur.

Antes yo no comprendía por qué no recibía ninguna respuesta a mi pregunta, hoy no comprendo cómo pude creer que podía preguntar. Pero yo no creí nada en absoluto, sólo preguntaba.

Früher begriff ich nicht, warum ich auf meine Frage keine Antwort bekam, heute begreife ich nicht, wie ich glauben konnte fragen zu können. Aber ich glaubte ja gar nicht, ich fragte nur.

•

Anotado el 24 de noviembre de 1917. La reflexión de este aforismo parece haberse completado en dos pasos, pues en el cuaderno en octavo Kafka trazó una larga línea de separación que, sin embargo, ignoró al transcribirlo en el papelito.

Para la comprensión de este aforismo es útil una anotación en el diario de Kafka, fechada en una época anterior, en la que afirma que las preguntas más decisivas sólo puede responderlas uno mismo: «Pero las preguntas que no se responden a sí mismas en el momento en que surgen no son respondidas jamás. No hay distancias entre quien pregunta y quien responde. No hay distancias que superar. De ahí que sea absurdo preguntar y esperar».

Cabe suponer que el «antes» con el que se inicia el aforismo tenga un sentido autobiográfico. Aunque Kafka diagnosticó su propio hundimiento, también dejó constancia de hacer progresos graduales en el conocimiento de sí mismo. En 1920, por ejemplo, escribió a Oskar Baum: «Antes yo tenía la tonta opinión, aunque comprensible durante los primeros años de automedicina, de que en alguna ocasión aislada no había podido recuperarme como es debido a causa de una u otra razón, pero ahora sé que siempre llevo conmigo esa razón para no recuperarme».

Y cuando, en el otoño de 1921, pensó en qué función podría tener aún un futuro diario, llegó a la conclusión: «Sobre M[ilena] sí podría escribir, sin duda, pero tampoco por libre decisión mía, y además estaría demasiado dirigido contra mí, ya no necesito, como antes, cobrar conciencia de esas cosas con todo detalle, en este aspecto no soy tan olvidadizo como antes, soy una memoria que se ha vuelto viva, de ahí también mi insomnio».

Su respuesta a la afirmación de que él tal vez poseía, pero no era, fue sólo temblor y pálpito del corazón.

Seine Antwort auf die Behauptung, er besitze vielleicht, sei aber nicht, war nur Zittern und Herzklopfen.

•

Anotado el 24 de noviembre de 1917. En el cuaderno en octavo Kafka corrigió «él poseía ciertamente» por «él tal vez poseía».

A primera vista el aforismo parece simplemente una continuación del 35: lo que se enunciaba en aquél se convierte en éste en una confrontación existencial. De hecho, se produce un desplazamiento semántico: puesto que en el aforismo 35 aparece el «ser» como enteramente autónomo, es sencillamente lo que ya viene dado, mientras que en éste se insinúa que es posible vivir sin «ser».

La contradicción puede aclararse a través de otra anotación del cuaderno en octavo (tachada más tarde), escrita una semana después que este aforismo: «Creer significa: liberar lo que de indestructible hay dentro de uno mismo o, mejor dicho, liberarse a uno mismo o, mejor dicho, ser indestructible o, mejor dicho, ser». También en este caso, el «ser» viene dado siempre, puesto que es indestructible; pese a todo, primero tiene que ser «liberado», es decir, tomar conciencia de sí y ser experimentado, lo cual es posible mediante la «creencia», es decir, mediante un acto de fe súbita e injustificada que se convierte en identificación (véanse al respecto los aforismos 50 y 109).

Esto se corresponde con la experiencia de Kafka—de la que tanto se quejó a lo largo de su vida y que tematizó en muchos textos literarios—de que es imposible subsanar un déficit de identidad mediante argumentos cada vez más dispersos y ramificados—y mucho menos mediante posesiones—; tal vez sólo es posible mediante un cambio radical de perspectiva y de «actitud» hacia la vida.

Para ampliar el tema de lo «indestructible», véanse los aforismos 50, 69 y 70/71.

38

Uno se sorprendió de cuán fácil iba por el camino de la eternidad; es que estaba recorriéndolo a toda velocidad hacia abajo.

Einer staunte darüber, wie leicht er den Weg der Ewigkeit ging; er raste ihn nämlich abwärts.

•

Anotado el 24 de noviembre de 1917.

Aunque el aforismo reúne dos conceptos centrales de los cuadernos en octavo—«camino» y «eternidad»—no es posible equiparar sin más su significado con el de otras anotaciones, puesto que en ninguna otra se habla de un «camino de la eternidad». Sí encontramos una mención a «nuestro eterno desarrollo» (aforismo 54) y a un «camino interminable» (aforismo 39a), que según Kafka «conduce a las alturas», como en los fragmentos de «El cazador Gracchus» (1917), en los que el personaje se encuentra siempre «en la gran escalinata que conduce a las alturas. Voy desplazándome por esta escalinata interminable, a veces hacia arriba, a veces hacia abajo, a veces hacia la derecha, a veces hacia la izquierda, siempre en movimiento». También en este caso Kafka pensó en el movimiento descendente.

Si en este aforismo Kafka hubiera pensado concretamente en el camino a la vida eterna, el camino posiblemente también sería un ascenso, como podemos ver en una anotación sobre la caída: «El conocimiento del bien y del mal es a un tiempo peldaño hacia la vida eterna y obstáculo para alcanzarla». La imagen de las etapas del conocimiento que nos permiten ir ascendiendo también se encuentra en una carta escrita en Zürau: «Conocimiento del primer peldaño. El primer peldaño de esa escalera en cuya cima me aguardará serenamente el lecho nupcial como recompensa y sentido de mi humana [...] existencia».

En la lógica de este aforismo «recorriéndolo a toda velocidad hacia abajo» significaría un «tropiezo» o un «retroceso» constante con respecto del conocimiento adquirido (un concepto que incorpora la metáfora espacial, particularmente adecuada).

39

Al mal no se le puede pagar a plazos—y se intenta sin cesar.

———

Cabría pensar que Alejandro Magno, a pesar de los éxitos guerreros de su juventud, a pesar del extraordinario ejército que él mismo adiestró, a pesar de las fuerzas que sentía en su interior, dirigidas a cambiar el mundo, se quedó quieto en el Helesponto y no lo cruzó nunca, y precisamente no por temor, no por indecisión, no por debilitamiento de la voluntad, sino por el peso de la tierra.

Dem Bösen kann man nicht in Raten zahlen – und versucht es unaufhörlich.

———

Es wäre denkbar dass Alexander der Grosse trotz der kriegerischen Erfolge seiner Jugend, trotz des ausgezeichneten Heeres, das er ausgebildet hatte, trotz der auf Veränderung der Welt gerichteten Kräfte die er in sich fühlte, am Hellespont stehen geblieben und ihn nie überschritten hätte undzwar nicht aus Furcht, nicht aus Unentschlossenheit, nicht aus Willensschwäche, sondern aus Erdenschwere.

•

El primer texto lo anotó Kafka el 24 de noviembre de 1917. El segundo, del 17 de septiembre de 1920, lo copió de un legajo de anotaciones de años posteriores y lo añadió al papelito 39.

La idea de que al mal se le puede pagar «a plazos» pertenece a esos «pensamientos secretos» ilusorios (señalados en el aforismo 29) a los que se aferran las personas que se entregan al mal. Es la idea de que será posible pagar cómodamente «a plazos» la contrapartida que el mal exige de forma social y psicológicamente aceptable; es decir, que es posible atenuar y minimizar las consecuencias (auto)destructivas mediante una hábil dosificación. Tales ideas sirven sobre todo para la autojustificación moral, y en opinión de Kafka no son autónomas, sino uno de los efectos del mal (véase el comentario al aforismo 19).

Para la personificación del mal, véanse además los aforismos 7, 28, 29 y 51, así como el comentario al aforismo 7.

El texto sobre Alejandro es muy posterior y constituye uno de los muchos ejemplos de los intentos de Kafka de medirse con el destino de figuras históricas (en 1910 había leído el libro recién publicado de Mijaíl Kuzmín sobre la vida de Alejandro Magno; véase también el comentario al aforismo 34). De manera similar, en una conversación con su joven acólito Gustav Janouch, Kafka mismo se habría equiparado a Moisés: «Yo sigo estando en el cautiverio egipcio. Todavía no he caminado a través del mar Rojo».

El «peso de la tierra» alude al hecho de sentirse constreñido por viejas leyes tradicionales, patrones de vida y de pensamiento, falta de imaginación utópica y, sobre todo, por la opinión de que lo radicalmente nuevo o diferente, lo que «supera» lo dado y establecido para alcanzar algo que todavía no ha existido nunca, es imposible. En una anotación en el cuaderno en octavo leemos: «Lo que es ridículo en el mundo sensible es posible en el espiritual, donde no impera la ley de la gravedad [...] las cosas que sin duda somos incapaces de imaginar, o sólo podemos imaginar cuando alcanzamos un nivel superior».

Existe un parentesco visual y conceptual entre la superación de ese «peso de la tierra» y el «punto» a partir del cual «ya no hay vuelta atrás» al que se alude en el aforismo 5. Para alcanzar ese punto es preciso atravesar una frontera.

El camino es interminable, aquí no hay nada que acortar, nada que añadir, y aun así cada cual le aplica su propia vara de medir infantil. «Cierto, todavía tienes que recorrer esta vara del camino, se te tendrá en cuenta y no serás olvidado».

Der Weg ist unendlich, da ist nichts abzuziehn, nichts zuzugeben und doch hält jeder noch seine eigene kindliche Elle daran.»Gewiss, auch diese Elle Wegs musst Du noch gehn, es wird Dir nicht vergessen werden«.

•

Anotado el 25 de noviembre de 1917. Tachado en el papelito. Probablemente Kafka notó que por error había rotulado dos papelitos con el número 39, de ahí que posteriormente añadiese la letra *a* en este aforismo.

Es probable que Kafka haya derivado su idea de un «camino interminable»—que presenta en diversas variaciones— de la metáfora convencional del «camino de perfección». Entre los muchos consejos que dio a Felice Bauer en sus cartas—ninguno de ellos irónico—, se encuentra éste de 1916: «Empieza por evitar la costumbre de masticar terrones de azúcar. El camino hacia las alturas es infinito».

En una carta a Milena Jesenská, después de las reflexiones de Zürau, el motivo había ganado claramente en profundidad: «... es ciertamente un atisbo, pero sólo un atisbo a lo largo del camino, y el camino es interminable».

Sobre el camino como metáfora, véanse también los aforismos 1, 21, 26, 38 y 104, así como el comentario al aforismo 1.

40

Sólo nuestro concepto del tiempo hace que llamemos al Juicio Final así, en realidad se trata de un juicio sumario.

Nur unser Zeitbegriff lässt uns das Jüngste Gericht so nennen, eigentlich ist es ein Standrecht.

•

Anotado el 25 de noviembre de 1917. Tachado en el papelito.

Si la justificación de nuestra existencia sólo es posible dentro de los límites del «mundo del espíritu»—de acuerdo con la concepción de Kafka (véase el aforismo 99)—, entonces el juicio sobre nosotros tiene lugar en una esfera literalmente atemporal. Como apunta en el cuaderno en octavo: «A este mundo no puede seguirle el mundo del más allá, pues el mundo del más allá es eterno y no puede tener una relación temporal con este mundo». Desde la perspectiva humana—es decir, desde el punto de vista del «mundo de los sentidos»—parece que el proceso judicial siempre estuviera presente y en constante actividad.

Aquí Kafka interpreta y generaliza una experiencia humana que también se refleja en el lenguaje cotidiano de forma metafórica. En relación con decisiones inmorales o insensatas se dice: «Se volverá en tu contra». El «se» es lo que en Kafka aparece sublimado como «juicio».

Ocho meses antes de escribir el aforismo, Kafka había intentado dar forma literaria a la idea del juicio sumario. En un fragmento narrativo, editado a partir del legado literario póstumo con el título de «Era verano, un día caluroso», un suceso pequeño y microscópico—un pequeño golpe en la puerta de una granja, «por capricho o por distracción»—conduce minutos después a un juicio inmediato que amenaza con la tortura («en el centro algo que parecía una mezcla de catre y mesa de operaciones»).

También en el diario de Kafka se halla este motivo. Durante un paseo por el sanatorio invernal de Spindlermühle, en enero de 1922, reflexionó angustiado sobre su pobre vida social. Más tarde anotó estos pensamientos y añadió: «Si todo fuera sólo como parece ser en el camino cubierto de nieve, entonces sería horrible, entonces estaría perdido, concebido esto no como una amenaza, sino como ejecución inmediata».

Consuela que la desproporción del mundo parezca ser sólo numérica.

Das Missverhältnis der Welt scheint tröstlicherweise nur ein zahlenmässiges zu sein.

•

Anotado el 26 de noviembre de 1917. Tachado en el papelito.

Como ocurre siempre en las anotaciones de Zürau, cuando Kafka utiliza el concepto «mundo» sin mayor especificación se refiere al mundo de los sentidos, opuesto al espiritual.

La «desproporción» del mundo de los sentidos—su insuficiencia inevitable—se debe a su naturaleza ilusoria, finita y provisoria. Se trata, pues, de una carencia cualitativa, no meramente «numérica», cuantitativa. Podemos engañarnos pensando que en el mundo hay demasiado de esto y demasiado poco de lo otro, y que una conveniente rectificación de este desequilibrio restablecería el orden. Tal pensamiento, pese a resultar consolador, es erróneo.

Kafka apuntala en este aforismo su sostenida crítica al simple «cálculo» para sopesar las opciones y consecuencias sociales, pese a que él mismo tenía una marcada inclinación a recurrir a este procedimiento (véase, por ejemplo, en el diario el «Resumen de cuanto habla a favor y en contra de mi boda»). En 1913, sin embargo, Kafka ya era capaz de dar a esta crítica la forma metafórica característica de Zürau: «Pues cuando se calcula no es posible ascender», lo cual indica que ya había recurrido a imágenes para representar este pensamiento años antes.

42

La cabeza llena de asco y odio hundida en el pecho.

Den ekel- und hasserfüllten Kopf auf die Brust senken.

•

Anotado el 26 de noviembre de 1917. En el cuaderno en octavo el texto tiene una continuación: «Cierto, pero ¿y si alguien te atenaza la garganta?».

En casi todos los textos literarios de Kafka, los gestos, incluso ademanes muy expresivos que recuerdan a las pantomimas, desempeñan un papel sobresaliente. Tal como puede advertirse en muchas de sus significativas metáforas, primero encuentra o inventa esos gestos de manera juguetona, y después los carga de significado, como ocurre en este caso con el gesto de hundir la cabeza en el pecho.

A los veintiún años, ya había visualizado un melancólico paseo y sus consecuencias mediante la imagen de ese gesto: «Aquel día me pesaba tanto la cabeza que por la noche noté con admiración que la barbilla se me hundía en el pecho». Siete años más tarde mencionó seriamente el mismo gesto para describir su actitud defensiva: «Yo estaba encerrado en mí mismo, contra todos y contra la historia, la barbilla poco menos que hincada en el pecho». Asimismo, en «La condena», el padre deja caer la cabeza sobre el pecho para insinuar el rechazo al hijo y el inminente cambio que marca ese gesto.

Finalmente, en *El castillo* la postura corporal representada en un cuadro adquiere casi un estatus iconográfico: «... el busto de un hombre de unos cincuenta años. Tenía la cabeza tan inclinada sobre el pecho que apenas se le veían los ojos, y parecían obligarlo a esa inclinación la frente alta y pesada y la nariz, muy curvada».

Así pues, para Kafka el gesto de bajar la cabeza y hundir la barbilla en el pecho no significa sólo que uno evita mirar y se aísla, sino más bien el retiro a un espacio interior de reflexión que da la espalda al mundo de los sentidos. De modo que el presente aforismo puede leerse como una exhortación, lectura que refuerza la segunda frase en el cuaderno en octavo.

Todavía juegan los perros de caza en el patio, pero la presa no se les escapará por más que ahora corra ya por los bosques.

Noch spielen die Jagdhunde im Hof, aber das Wild entgeht ihnen nicht, so sehr es jetzt schon durch die Wälder jagt.

•

Anotado el 1.º de diciembre de 1917. Kafka fechó por error ésta y otras anotaciones el «31 de noviembre».

La caza, una de las metáforas de la lucha para Kafka, tiene un papel central en sus textos. Simboliza la iniciativa en el combate, a un tiempo avance y retroceso. Es característico del pensamiento de Kafka que usara la imagen en este sentido ambivalente, tanto en cartas inocuas (en apariencia), como en el contexto de reflexiones muy profundas.

Así, a comienzos de 1920 escribió a la joven de dieciocho años Minze Eisner: «Es bueno que persiga sus sueños, pero malo que éstos la persigan a usted, como sucede a menudo». Dos años más tarde, sin embargo, escribió en su diario: «"Caza" es sólo una imagen, también puedo decir "asalto a la última frontera terrenal", asalto desde abajo, desde el hombre, y, como también eso es una imagen, puedo sustituirlo por la imagen del asalto desde arriba, hacia mí, que estoy abajo. Toda esta literatura es asalto a la frontera».

También el personaje de «El cazador Gracchus» (1917) está relacionado con la ambivalencia: pese a su profesión va errando por el mundo, «a la deriva», «siempre en movimiento», como si él mismo estuviera huyendo.

Esta ambivalencia es, en opinión de Kafka, irresoluble, ya que resulta imposible cazar sin ser cazado: cualquier apariencia de estar a salvo es ilusoria y engañosa. Los perros de caza que en apariencia están distraídos son una imagen de tal ilusión y de la amenaza. La imagen reaparece en otra anotación sin fecha: «El sueño de los perros de caza. No duermen, sólo esperan la caza y por eso parecen dormidos».

Véase también lo que Kafka escribió a Robert Klopstock en una carta de julio de 1923: «Cualquier esfuerzo que nos permita escapar de los fantasmas por un momento es dulce; casi nos vemos desaparecer al doblar una esquina mientras ellos se quedan perplejos. Pero no por mucho tiempo: parece que los perros de caza ya han husmeado el rastro».

Te has enjaezado ridículamente para este mundo.

Lächerlich hast Du Dich aufgeschirrt für diese Welt.

•

Anotado el 1.º de diciembre de 1917. Para la datación, véase el aforismo 43.

Esta imagen, que no aparece en ningún otro texto de Kafka, hay que remitirla probablemente a observaciones realizadas en la rural Zürau (véase el aforismo 45). Es bastante probable que Kafka, que ocasionalmente ayudaba en labores campestres poco esforzadas, enjaezara y embridara él mismo a algún caballo.

«Este mundo» significa, como siempre en Kafka, el mundo sensible en oposición al espiritual. Sólo en el mundo ilusorio de los sentidos es concebible que resulte objetivamente «ridículo» el intento de adoptar medidas profilácticas para un trabajo o para un proyecto a largo plazo: puesto que el objetivo permanece limitado al mundo sensible, darle importancia es sobrevalorarlo, de ahí que el esfuerzo parezca grotesco.

Sobre el uso del concepto «mundo» sin más, véanse los aforismos 25, 41, 52, 53, 60, 61, 64, 102, 103 y 105, así como la segunda anotación en el papelito 109.

Cuantos más caballos enganches al tiro, más rápido va; por supuesto, no el arrancar el bloque del fundamento, lo que es imposible, sino la rotura de las riendas y con ello el alegre viaje vacío.

Je mehr Pferde Du anspannst, desto rascher gehts – nämlich nicht das Ausreissen des Blocks aus dem Fundament, was unmöglich ist, aber das Zerreissen der Riemen und damit die leere fröhliche Fahrt.

•

Anotado el 1.º de diciembre de 1917. Para la datación, véase el aforismo 43.

El aforismo guarda una estrecha relación con el anterior, y puede leerse como continuación: juntos ofrecen un ejemplo de cómo las ideas de Kafka se guían por el potencial de desarrollo de las imágenes y las metáforas.

El acto de «enganchar» los caballos al tiro va seguido del intento de realizar algo imposible. Sin embargo, el intento inútil no es el final del episodio descrito, sino que sigue «el alegre viaje vacío», es decir, un viaje a ciegas, que pretende ignorar el fracaso. La combinación de adjetivos muestra que *alegre* no tiene aquí el significado positivo de 'feliz', sino más bien de algo absurdo y ridículo. Así, el aforismo 45 concluye como el 44, que muestra gráficamente lo ridículo de «enjaezarse».

Más difícil de entender es «el arrancar el bloque del fundamento» para el que Kafka no ofrece ningún contexto en el aforismo. Llama la atención, sin embargo, que en las cartas de Zürau—y en ninguna otra parte—usase dos veces en sentido metafórico el concepto de «lo que no es posible arrancar».[1] Sobre su tío Siegfried Löwy, maestro rural, escribe: «Vive contento en el campo, nada puede arrancarlo de allí». Y sobre su relación con el padre constató: «Es imposible arrancar las raíces de esta enemistad».

Así pues, «arrancar el bloque de su fundamento» significaría la supresión o el cambio radical de una condición o un estado de cosas que en su esencia es inmutable, de modo que el «alegre viaje vacío» aludiría a una infantil simulación de éxito.

---

[1] El término alemán es *unausreissbar*, antónimo de *reissbar* ['lo que es posible arrancar']. En español, es una expresión forzada, pero la mantenemos para dar cuenta de la semántica de los dos términos usados por Kafka.

46

La palabra *sein* significa en alemán ambas cosas: 'existir' y 'pertenecer a alguien'.

Das Wort »sein« bedeutet im Deutschen beides: Da-sein und Ihm-gehören.[1]

•

Anotado el 1.º de diciembre de 1917. Para la datación, véase el aforismo 43.

Poco antes, en el mismo día, Kafka ya había hecho otro intento de formular este pensamiento en el cuaderno en octavo, pero tachó la frase: «Existir [*Dasein*] y pertenecer a alguien [*Ihm-gehören*] comparten una misma denominación: *sein*». Ciertamente esta primera formulación es ambigua en el contexto de los aforismos, ya que en Kafka el existir natural de todo ser vivo es completamente distinto del *ser*; de hecho, los aforismos 35 y 37 sugieren incluso que podría darse vida sin *ser*, es decir, una vida limitada a la voluntad de poseer (véase el aforismo 57). Para Kafka *ser* significa siempre una vida abierta que despliega la esencia del ser de cada persona. Pero puesto que esa esencia es

---

[1] Persiste la tentación de «heideggerizar» este aforismo traduciendo *Da-sein* por 'ser-ahí', que es la traducción acostumbrada en español para el término filosófico alemán *Dasein*, postulado en la historia de la filosofía del siglo XX por el filósofo alemán Martin Heidegger (1889-1976). Sin embargo, *Dasein* en su acepción común y llana significa simplemente 'existencia'.

indestructible y, por consiguiente, pertenece a un mundo que trasciende y supera nuestro mundo de los sentidos, *ser* significa, en sentido enfático, *pertenecer* a ese «mundo espiritual» inabarcable (no existe una diferencia clara entre los términos *espiritual* y *divino*). El aforismo, pues, señala que esta realidad la revela el propio idioma.

Un ejemplo concreto de la pertenencia a un orden superior lo proporciona la idea que tiene Kafka del matrimonio. En su opinión, sólo el matrimonio contraído por sincera convicción, afinidad y profundo entendimiento conduce a un plano más elevado, incluso puede allanar el camino hacia el absoluto, que de otra manera sería inalcanzable. Así, anotó en el diario: «Por muy poca cosa que yo sea, no hay nadie aquí que me comprenda del todo. Tener a alguien que me comprendiera así, acaso una mujer, significaría tener apoyo en todos los aspectos, tener a Dios». La idea, que descubrió en el Talmud, le pareció reveladora: «Un hombre sin mujer no es una persona». Esta concepción substancialista del matrimonio lo condujo incluso a defender las triviales convenciones de su futura suegra: «En fin, ella tiene razón—¡y cuánta!—al considerar absurda entre hombre y mujer cualquier otra forma de vida que no sea el matrimonio».

47

Se les dio a elegir entre ser reyes o correos de los reyes. A la manera de los niños, todos quisieron ser correos. Por eso hay tantos correos, corren presurosos por el mundo y, como no hay reyes, se gritan unos a otros mensajes que ya no tienen sentido. Gustosamente pondrían fin a esa vida miserable, pero no se atreven a causa del juramento profesional que prestaron.

Es wurde Ihnen die Wahl gestellt Könige oder der Könige Kuriere zu werden. Nach Art der Kinder wollten alle Kuriere sein. Deshalb gibt es lauter Kuriere, sie jagen durch die Welt und rufen, da es keine Könige gibt, einander selbst die sinnlos gewordenen Meldungen zu. Gerne würden sie ihrem elenden Leben ein Ende machen, aber sie wagen es nicht wegen des Diensteides.

•

Anotado el 2 de diciembre de 1917.

El aforismo describe una paradoja característica de Kafka: no es que haya muy pocas informaciones («noticias»), sino demasiadas. Pero como ninguna puede corroborarse, su valor es nulo.

La misma declaración, también en forma aforística, se halla en el fragmento en prosa de Kafka titulado «El nuevo abogado» (1917): «Nadie señala la dirección; muchos tienen espadas, pero sólo para blandirlas en el aire; y la mirada de aquéllos que quieren seguirlas se confunde». Aunque en la misma pieza se afirma que en otros tiempos «la espada del rey indicaba la dirección a seguir», es dudoso que Kafka tuviera en mente una crítica de su tiempo.

En *El proceso* y *El castillo* también aparecen un montón de informaciones que terminan revelándose vacías y que nunca es posible atribuir a un emisor concreto. La acumulación de información desprovista de valor es un motivo recurrente en la trama de ambas novelas. A juzgar por las escenas a menudo tan cómicas de ambas obras, Kafka tenía debilidad por la descripción de estos problemas de comunicación: en *El proceso* hay «informadores» profesionales que sólo informan sobre ellos mismos, y en *El castillo* las informaciones útiles sólo se proporcionan cuando el destinatario está manifiestamente dormido.

Además, el aforismo sugiere el poder de una autoridad superior cuyo nombre o imagen se nos oculta. No se nos dice quién preguntó a los correos acerca de su decisión profesional («Se les dio a elegir...»), ni quién les exigió prestar un «juramento profesional». Ésta es otra de las técnicas literarias a las que Kafka recurre en sus novelas.

48

Creer en el progreso significa no creer que ya ha ocurrido un progreso. Esto no sería una creencia.

An Fortschritt glauben heisst nicht glauben, dass ein Fortschritt schon geschehen ist. Das wäre kein Glauben.

•

Anotado el 4 o el 5 de diciembre de 1917.

En las anotaciones de Zürau Kafka usa siempre el término *creencia* en un sentido enfático, es decir, en el sentido de una identificación con el objeto de la creencia, no simplemente como aceptación de un hecho (para esta diferencia, véase el aforismo 100).

Es posible verificar el progreso siempre que se presuponga que existen criterios inequívocos de lo que significa *progreso*. De modo que la creencia en un progreso que ya ha ocurrido sería tan sólo creer en hechos que fundamentalmente podrían traducirse en conocimiento.

Un pasaje del relato de Kafka «Investigaciones de un perro» (1922) aclara la diferencia: «A menudo elogian el progreso generalizado de la comunidad canina a través de los tiempos, y se refieren principalmente, sin duda, a los progresos de la ciencia. Por supuesto, la ciencia avanza, es imparable, avanza incluso aceleradamente, cada vez más rápido, pero ¿qué tiene eso de encomiable? Es como si se elogiara a alguien por el hecho de envejecer cada vez más con el paso de los años y de acercarse, por tanto, cada vez más rápido a la muerte. Es un proceso natural y, para colmo, feo, que no considero en absoluto encomiable. Sólo veo decadencia». Evidentemente, este narrador acepta el progreso como hecho consumado, pero no «cree» en el progreso.

49

A. es un virtuoso y el cielo es su testigo.

A. ist ein Virtuose und der Himmel ist sein Zeuge.

•

Anotado el 4 o el 5 de diciembre de 1917.

El aforismo admite una doble lectura. Una irónica, que vendría a sugerir que «A. afirma ser un virtuoso, pero sólo puede dar prueba de ello remitiéndose a una misteriosa esfera más excelsa». Ésta es precisamente la situación en el relato del último Kafka «Josefina la cantante o el pueblo de los ratones»: Josefina, que en realidad a duras penas emite «el silbido habitual» de los ratones, afirma ser cantante y, por lo tanto, artista; una artista que, no obstante, «según ella, canta ante oídos sordos», razón por la cual no reclama reconocimiento de su comunidad, sino de la mismísima esfera del arte.

Una segunda lectura no irónica del aforismo sugeriría que el verdadero virtuosismo siempre se basa en una relación especial con el «mundo espiritual», como cuando, por ejemplo, hablamos de un «artista bendecido» pese a que la audiencia no reconozca su talento. Un artista semejante sería efectivamente independiente del juicio de su público y tendría razón al invocar a instancias «superiores».

La razón para decantarse por la lectura irónica podemos encontrarla en los cuadernos en octavo de Zürau, donde la abreviatura «A.» siempre se usa para designar a alguien que sin duda se engaña. No obstante, a juzgar por las cartas y los diarios, Kafka a menudo adopta dos perspectivas sobre el asunto: la reivindicación absoluta del arte y la visión irónica de la comunidad sobre las exigencias del arte, tan difíciles de respetar puesto que no es posible obtener rédito del arte.

En cuanto a la abreviatura «A.», véase también el comentario al aforismo 10.

50

El ser humano no puede vivir sin una confianza permanente en algo indestructible en su interior, aunque tanto lo
indestructible como la confianza pueden mantenerse ocul-
tos para él de manera permanente. Una de las posibilidades de expresión de ese permanecer oculto es la fe en un
Dios personal.

*Der Mensch kann nicht leben ohne ein dauerndes Vertrauen
zu etwas Unzerstörbarem in sich, wobei sowohl das Unzerstörbare als auch das Vertrauen ihm dauernd verborgen bleiben können. Eine der Ausdrucksmöglichkeiten dieses Ver-
borgen-Bleibens ist der Glaube an einen persönlichen Gott.*

•

Anotado el 7 de diciembre de 1917. Sólo después de copiar
el aforismo en el papelito, Kafka añadió «en su interior» al
final de la «confianza en algo indestructible». No obstante, más tarde tachó el aforismo entero.

Es evidente que el aforismo sólo adquiere consistencia gracias a la mencionada corrección en el papelito: la «confianza en algo indestructible» fuera de uno mismo también podría ser la creencia en Dios, lo cual volvería superflua la segunda frase del aforismo.

El término *confianza* no aparece en ninguna otra anotación del cuaderno en octavo de Zürau. Kafka lo usa aquí
en el sentido de «fe», posiblemente sólo para evitar la re-

petición de la palabra. El aforismo ilustra de qué manera esta fe tan fundamental tiene efecto pese a ser inconsciente.

El hecho de que Kafka caracterizase la fe en Dios como simple «expresión» de otra fe que permanece oculta hace inverosímil que él mismo creyera en un Dios personal. No obstante, identifica lo «divino» con lo «indestructible» (véase el comentario al aforismo 69).

Posiblemente, Kafka halló el concepto de «indestructibilidad» en Schopenhauer, cuyas obras había leído intensamente un año antes. El capítulo 41 del segundo tomo de *El mundo como voluntad y representación* lleva por título «Sobre la muerte y su relación con la indestructibilidad de nuestro ser en sí». Para el filósofo, como para Kafka, lo indestructible es atemporal y carece de conciencia sobre sí mismo, aunque por motivos enteramente diferentes: Schopenhauer no lo considera algo espiritual o psíquico, menos aún un atributo individual, sino que lo identifica con el sempiterno principio vital de la «voluntad», que según su concepción es el núcleo de todo fenómeno material y espiritual.

Para otras aproximaciones a lo «indestructible», véase también el aforismo 70/71, así como el comentario al aforismo 37.

51

Fue necesaria la mediación de la serpiente: el mal puede seducir al hombre, pero no ser hombre.

Es bedurfte der Vermittlung der Schlange: das Böse kann den Menschen verführen, aber nicht Mensch werden.

•

Anotado el 7 de diciembre de 1917. En la primera versión del cuaderno en octavo se leía: «El mal puede hablar al hombre...». La corrección tuvo lugar antes de copiar el aforismo, que luego tachó.

El mito del Paraíso terrenal en el Antiguo Testamento es un tema frecuente en los cuadernos en octavo de Zürau (véanse los aforismos 64, 74, 82 y 84, y el comentario al aforismo 3), y también la serpiente como portavoz y agente del mal: «El primer animal doméstico de Adán después de la expulsión del Paraíso fue la serpiente»; «Según Dios, la consecuencia inmediata de comer el fruto del árbol del conocimiento sería la muerte; según la serpiente (al menos así puede entenderse), la igualdad con Dios. Ambas cosas eran falsas de igual modo»; «Con su tentador consejo la serpiente sólo ha hecho su trabajo a medias, luego tiene que tratar de falsear lo que ha ocasionado, es decir, hablando con propiedad, morderse la cola».

Sin embargo, Kafka utiliza la imagen también en un contexto metafórico todavía más amplio: «Conócete a ti mismo no significa obsérvate. "Obsérvate" es lo que dice la serpiente».

Según Kafka, que el mal se haga hombre—tras lo cual ya no necesitaría a la serpiente—es imposible a causa del «indestructible» núcleo tanto del ser humano como de la humanidad: si ocurriera, el mal formaría parte de lo «divino». No obstante, desde una perspectiva ontológica más elevada, este argumento se desmorona, ya que, si lo único verdadero es el mundo espiritual, el mal debe estar contenido en éste de alguna forma; véase el aforismo 54.

Sobre los límites del mal, véase el aforismo 95.

52

En la lucha entre tú y el mundo, secunda al mundo.

Im Kampf zwischen Dir und der Welt sekundiere der Welt.

•

Anotado el 8 de diciembre de 1917. Tachado después de la transcripción.

Este aforismo está estrechamente relacionado con el siguiente, que data del mismo día. Ambos expresan una exigencia equiparable, aunque la formulada en éste es más radical, ya que no sólo exige lealtad, sino también apoyo activo al enemigo. Probablemente la insistente repetición del tema incomodó a Kafka y decidió prescindir de la formulación más severa.

También este aforismo alude al mundo sensible (como siempre cuando no se nombra expresamente el espiritual). En sentido epistemológico, para Kafka este mundo es ilusorio y por lo tanto tiene un rango secundario y subordinado. Sin embargo, esto no es aplicable al ámbito ético, puesto que en Kafka no puede hablarse de huida del mundo ni de desprecio del mundo. Por el contrario, innumerables comentarios en los diarios y en las cartas muestran que admiraba a toda persona que contribuyese al bien *en* este mundo, ya fuese por medio de la caridad, de un trabajo útil socialmente o asumiendo la responsabilidad de una familia. De ahí que el contenido del aforismo tenga que ver esencialmente con la vida práctica: «Cuando el mundo te plantee exigencias de este tipo, debes ceder a ellas por duras que sean».

Sin embargo, este principio no se aplica a la literatura, que plantea su propia exigencia de verdad: para Kafka la vocación literaria exige dar la espalda al mundo de los sentidos («Toda esta literatura es asalto a la frontera»). Durante toda su vida, Kafka se representó como «lucha» el conflicto entre las aspiraciones vitales del mundo y las aspiraciones de la literatura, que apuntaban mucho más alto.

53

No es lícito engañar a nadie, tampoco al mundo en su victoria.

Man darf niemanden betrügen, auch nicht die Welt um ihren Sieg.

•

Anotado el 8 de diciembre de 1917.

El aforismo es una versión atenuada del aforismo 52, transcrito el mismo día (y tachado después). En este aforismo se conmina a admitir francamente la propia debilidad una vez queda claro que uno no está preparado ni para satisfacer las demandas del mundo sensorial, ni para contrarrestarlas con éxito mediante sus propias aspiraciones «espirituales».

Esta idea de Kafka tiene que ver con reflexiones sobre su propia biografía, en las que ahondó después de contraer tuberculosis, especialmente en Zürau. Así, tres semanas antes de anotar este aforismo, escribió a Max Brod: «En la ciudad, la familia, el trabajo, la sociedad, las relaciones amorosas (ponlas primero, si quieres), el orden social vigente o futuro, en ninguno de estos aspectos he superado la prueba; es más, he fracasado—lo he observado cuidadosamente—como nadie a mi alrededor». Sin embargo, a continuación añade que ha encontrado una solución sorprendente: «Consiste, o consistiría, en que confiese, no sólo en privado y aparte, sino abiertamente, a través de mi comportamiento, que no tengo ninguna valía en ninguno de esos aspectos. Para conseguirlo sólo necesito atenerme con determinación a lo que ha perfilado mi vida pasada. Entonces me mantendría firme, dejaría de desperdiciarme en cosas absurdas y vería con claridad».

Este contexto autobiográfico hace inverosímil que, al escribir los aforismos 52 y 53, Kafka pensara en la victoria inevitable y predestinada del mundo aplicada al individuo. El segundo aforismo del papelito 54 también indica lo desacertado de semejante generalización.

54

No hay otra cosa que un mundo espiritual; lo que llamamos mundo sensible es el mal en el espiritual y lo que llamamos mal es sólo una necesidad de un instante de nuestro eterno desarrollo.

———

Con luz más intensa uno puede disolver el mundo. Ante ojos débiles se vuelve consistente, ante otros más débiles, saca los puños, ante otros aún más débiles, se vuelve pudoroso y destruye a quien osa mirarlo.

———

Es gibt nichts anderes als eine geistige Welt; was wir sinnliche Welt nennen ist das Böse in der geistigen und was wir böse nennen ist nur eine Notwendigkeit eines Augenblicks unserer ewigen Entwicklung.

———

Mit stärkstem Licht kann man die Welt auflösen. Vor schwachen Augen wird sie fest, vor noch schwächeren bekommt sie Fäuste, vor noch schwächeren wird sie schamhaft und zerschmettert den, der sie anzuschauen wagt.

•

El 8 de diciembre de 1917, Kafka escribió el aforismo hasta «el mal en el espiritual», el resto lo añadió al transcribirlo. En el cuaderno en octavo, Kafka primero escribió erróneamente: «No hay otra cosa que un mundo sensible».

El segundo texto, que data de octubre o noviembre de 1920, lo copió de un legajo de anotaciones más tardías. Originalmente se leía «Ante ojos pequeños» en lugar de «Ante ojos débiles».

El aforismo tiene una importancia capital en el conjunto de estos textos, ya que la primera mitad de la frase inicial contiene una declaración ontológica que permite entender otros aforismos (en particular los aforismos 25, 41, 44, 57, 60, 62, 85, 97 y 105). De la primacía del mundo espiritual, Kafka deduce que el mal posee un estatus ontológico menor, es ilusorio y fugaz, como el mundo de los sentidos en su totalidad. Pero al mismo tiempo declara necesario el mal como fenómeno de transición. El aforismo responde, así, al intento de unificar ontológicamente la distinción epistemológica entre lo espiritual y lo sensible, y la distinción moral entre el bien y el mal.

Sobre el mal, véanse los aforismos 19, 28, 29, 39, 51, 55, 85, 86, 95, 100 y 105, así como el comentario al aforismo 7. Sobre el «eterno desarrollo», véase el comentario al aforismo 38.

En cuanto al segundo aforismo, los términos *luz*, *ojos* y *mirar* indican que en este caso no se alude al desempeño práctico en el mundo, sino al progresivo proceso de conocimiento. Las palabras *puños* y *destruye*, en cambio, señalan que también el proceso de conocimiento forma parte de esa «lucha entre tú y el mundo» mencionada en los aforismos 52 y 53. En este sentido, la *disolución* del mundo significa reconocer su carácter engañoso, mientras que los ojos más débiles no comprenden su carácter ilusorio y, por consiguiente, el mundo se convierte para ellos en una amenaza.

La decisión tardía de agregar este texto a los aforismos de Zürau subraya que se trata de una metarreflexión, ya que esos aforismos tratan de producir una «luz más intensa».

55

Todo es engaño: buscar el mínimo de las ilusiones engaño-
sas, quedarse en lo habitual, buscar el máximo. En el pri
mer caso se engaña al bien queriendo su adquisición con
demasiada facilidad; a lo malo, imponiéndole condiciones
de lucha demasiado desfavorables. En el segundo caso se
engaña al bien al no aspirar a él ni siquiera en lo terrenal.
En el tercer caso se engaña al bien alejándose lo más posible de él; al mal, esperando privarlo de su poder mediante
su incremento extremo. Así pues, el segundo caso es prefe-
rible, puesto que al bien se le engaña siempre, pero, al menos en apariencia, al mal no.

Alles ist Betrug: das Mindestmass der Täuschungen suchen,
im üblichen bleiben, das Höchstmass suchen. Im ersten Fall
betrügt man das Gute, indem man sich dessen Erwerbung zu
leicht machen will, das Böse, indem man ihm allzu ungünsti-
ge Kampfbedingungen setzt. Im zweiten Fall betrügt man das
Gute, indem man also nicht einmal im Irdischen nach ihm
strebt. Im dritten Fall betrügt man das Gute, indem man sich
möglichst weit von ihm entfernt, das Böse, indem man hofft,
durch seine Höchststeigerung es machtlos zu machen. Vorzu-
ziehen wäre also hiernach der zweite Fall, denn das Gute be-
trügt man immer, das Böse in diesem Fall, wenigstens dem
Anschein nach, nicht.

•

Anotado el 8 de diciembre de 1917.

En este aforismo, Kafka intenta examinar la relación recíproca entre dos formas de lucha humana, la epistemológica por la verdad y la moral por el bien.

La primera opción que contempla Kafka es que uno puede lograr que sea más fácil adoptar el bien, es decir, ser bondadoso, acercándose cuanto sea posible a la verdad. Con eso, el mal se ve privado de su arma más poderosa, el engaño, y el camino hacia el bien queda expedito.

El *engaño* lo es en la medida en que equivale a un cambio inadmisible de campo de batalla. Kafka insiste en que para llegar a ser bondadoso es preciso superar con éxito determinados conflictos morales y no tan sólo eludirlos intelectualmente (es decir, engañándose a uno mismo y volviendo superflua la lucha moral propiamente dicha).

Este pensamiento también subyace en los aforismos 52 y 53, y explica el escepticismo de Kafka con respecto a la victoria a cualquier precio.

Análogamente habría que contemplar las otras dos opciones. La idea, en apariencia extraña, de que uno podría privar al mal de su poder cediendo a todos sus engaños y fingiendo necedad, indica la esperanza de que la victoria del mal podría ser prácticamente inofensiva en este caso, ya que acontecería en un plano intelectual, antes de que se produjese el conflicto moral. Una vez más el «engaño» consistiría en cambiar a tiempo el campo de batalla.

Hay preguntas que jamás podríamos superar si por naturaleza no estuviésemos liberados de ellas.

Es gibt Fragen, über die wir nicht hinwegkommen könnten, wenn wir nicht von Natur aus von ihnen befreit wären.

•

Anotado el 8 de diciembre de 1917. En el cuaderno en octavo Kafka sustituyó el impersonal [*man*] por «nosotros» [*wir*].

El contexto del cuaderno en octavo no permite deducir a qué clase de preguntas se refería Kafka en este aforismo. Sin embargo, el modismo «por naturaleza», que no aparece en ninguna otra anotación del cuaderno, permite sospechar que nada tiene que ver con limitaciones de la facultad de reflexión, sino fisiológicas o biológicas, y a juzgar por el *nosotros*, de la especie humana, no sólo del individuo.

Conviene tener en cuenta que muchas de las preguntas éticas a las que nos enfrentamos en el presente, por ejemplo relacionadas con la reproducción y la mortalidad, eran irrelevantes en tiempos de Kafka. Aunque habrían podido plantearse hipotéticamente, jamás hubieran conducido a los dilemas éticos actuales, ya que la ausencia de tecnología hacía imposible cualquier modo de intervención, de ahí que la sociedad pudiera dejar atrás o superar esas preguntas.

57

El lenguaje sólo puede usarse de manera alusiva para todo lo que está fuera del mundo sensible, pero nunca, ni siquiera aproximadamente, de manera comparativa, ya que en conformidad con aquél el mundo sensible sólo trata de la posesión y de sus relaciones.

Die Sprache kann für alles ausserhalb der sinnlichen Welt nur andeutungsweise, aber niemals auch nur annähernd vergleichsweise gebraucht werden, da sie entsprechend der sinnlichen Welt nur vom Besitz und seinen Beziehungen handelt.

•

Anotado el 8 de diciembre de 1917.

Según este aforismo, el lenguaje se funda en el «mundo sensible», de ahí que su alcance se limite a fenómenos efímeros y relativos, mientras que el mundo espiritual, como fuente de la verdad, le resulta inalcanzable. Desde este punto de vista, ni siquiera la literatura más elaborada tiene acceso a la verdad; en el mejor de los casos puede «sugerir» (con imágenes enigmáticas, como hace el propio Kafka). La forma más adecuada o certera de sugerir sería aquella que—como sugiere el aforismo 63—proyectara algo de la luz que irradia la verdad.

De esta idea se sigue que la verdad misma, como entidad espiritual, no precisa expresión lingüística: «El silencio es un atributo de la perfección», anotó Kafka en el cuaderno en octavo. Según el aforismo 80, también la verdad es incapaz de autorreflexión.

Para Kafka, una de las diferencias esenciales entre el mundo sensible y el mundo espiritual es que sólo puede darse un «ser» propiamente dicho en el mundo espiritual, mientras que el mundo sensible sólo conoce el «tener» y las posesiones, en el sentido de que tan sólo establece relaciones falsas que dan lugar a identidades fugaces (véanse los aforismos 35 y 37). Esta concepción explica asimismo la idea de que el lenguaje está necesariamente limitado a la esfera del «tener», mientras que el «ser» permanece fuera de su alcance.

Este aforismo constituye una metarreflexión, ya que relega el lenguaje—y, con ello, todos los aforismos formulados—a los estrechos límites del conocimiento. Por consiguiente, el propio aforismo ilustra la necesidad de sugerir y justifica los experimentos formales de Kafka mediante el género literario aforístico.

Para las relaciones entre el mundo sensible y el mundo espiritual, véanse también los aforismos 54, 62, 85 y 97.

Se miente lo menos posible sólo cuando se miente lo menos posible, no cuando se tiene menos oportunidad de mentir.

Man lügt möglichst wenig, nur wenn man möglichst wenig lügt, nicht wenn man möglichst wenig Gelegenheit dazu hat.

•

Anotado el 8 de diciembre de 1917, y tachado posteriormente. En el cuaderno en octavo, el aforismo comenzaba: «Se miente lo menos posible sólo cuando se miente lo menos posible, no cuando se tiene menos posibilidad de hablar». Sin duda, la corrección sirvió para incluir otras formas de mentir, por ejemplo, escritas o gestuales.

Este aforismo está relacionado con el 55, que trata de la posibilidad de utilizar la reflexión para eludir la necesidad de defender los propios valores morales, posibilidad que se califica una vez más de «engaño».

En este caso se aborda la mentira para señalar que no constituye ningún progreso moral procurar tener menos posibilidad de mentir (por ejemplo, guardando silencio), ya que ese truco tan sólo consistiría en cambiar el campo de batalla tramposamente, de modo que el enfrentamiento con el mal ya no tuviera lugar en un plano moral, sino intelectual.

Esta reflexión no era en absoluto abstracta para Kafka, quien durante mucho tiempo había confiado en que las mentiras podían evitarse no sólo siendo honesto, sino también evitando comunicarse con los demás. Por ejemplo, en 1913 anotó en su diario: «Sin una relación humana por medio, en mí mismo no hay mentiras visibles. El círculo limitado es puro».

La mentira se fue convirtiendo en una preocupación recurrente, como se advierte en las reflexiones de Zürau. Incluso discutió del asunto con Milena Jesenská, cuando, pese a los ruegos de ella, Kafka ni siquiera fue capaz de decir una mentirijilla que les habría permitido verse. En 1920 escribió a Milena: «Y ahora me callaré la boca, para atenerme por lo menos un poco a la verdad. La mentira es desesperante, no existe una tortura espiritual peor».

Para la oposición entre mentira y verdad, véase también el aforismo 80.

Un escalón no combado profundamente por los pasos, considerado en sí mismo, es solo algo vacío hecho de madera.

Eine durch Schritte nicht tief ausgehöhlte Treppenstufe ist, von sich selbst aus gesehn, nur etwas öde zusammengefügtes Hölzernes.

•

Anotado el 9 de noviembre o el 10 de diciembre de 1917. En el cuaderno en octavo se lee: «... una particular pieza de madera». La corrección se realizó al copiar el aforismo en el papelito, que Kafka tachó posteriormente.

El escalón que no está profundamente desgastado es un objeto cuyo uso previsto aún no ha dejado ninguna huella, de modo que sólo es posible adivinar su utilidad por el contexto—por ejemplo, si se encuentra en el interior de una casa recién construida—, pero no «considerado en sí mismo».

Esta última formulación, que parece atribuir conciencia al objeto, como si fuese un experimento mental, sugiere que se trata de una metáfora. La persona con capacidades y talentos bien definidos, de los que por alguna razón no disfruta—y de los que, sobre todo, no disfrutan sus congéneres—, y por lo tanto no le dejan ninguna huella palpable, no será interesante ni exterior ni interiormente.

60

Quien renuncia al mundo tiene que amar a todos los hombres, pues también renuncia al mundo de éstos. Comienza así a entrever la verdadera esencia humana, que no puede ser sino amada, siempre y cuando se esté a su misma altura.

Wer der Welt entsagt, muss alle Menschen lieben, denn er entsagt auch ihrer Welt. Er beginnt daher das wahre menschliche Wesen zu ahnen, das nicht anders als geliebt werden kann, vorausgesetzt dass man ihm ebenbürtig ist.

•

Anotado el 9 o el 10 de diciembre de 1917. Posteriormente, Kafka entrecomilló la palabra *mundo* en la cláusula «pues también renuncia al mundo de éstos», pero en el papelito omitió esas comillas.

Para Kafka, «renunciar al mundo» significa deshacerse del interés por todas las relaciones del «mundo sensible» basadas únicamente en la posesión (véanse los aforismos 35 y 57). Quien renuncia al mundo para sí mismo pronto perderá también el interés por las relaciones de los demás basadas en las posesiones.

Sólo entonces es posible entrever la «verdadera esencia humana», lo «indestructible» del ser humano más allá de esas relaciones ilusorias. Lo «indestructible» es—como muestran los aforismos 50 y 70/71—común a todos los hombres, de ahí que constituya una «incomparable conexión indestructible». Esta conexión está siempre presente de manera inconsciente, aunque según este aforismo puede hacerse consciente como amor.

La conclusión indica que no sólo es suficiente, sino necesario renunciar al mundo sensible para alcanzar el amor a la humanidad. Sólo semejante renuncia nos iguala a esa esencia «indestructible», aunque ni siquiera tengamos la facultad de reconocerla. Para las consecuencias de esta reflexión, véase el aforismo 61.

Quien ama a su prójimo en este mundo no hace ni más ni menos injusticia que aquél que se ama a sí mismo en este mundo. Queda sólo la pregunta de si lo primero es posible.

Wer innerhalb der Welt seinen Nächsten liebt tut nicht mehr und nicht weniger Unrecht als wer innerhalb der Welt sich selbst liebt. Es bliebe nur die Frage, ob das erstere möglich ist.

•

Anotado el 9 o el 10 de diciembre de 1917. Tachado después de copiarlo en el papelito.

El aforismo es la continuación del anterior y sólo es comprensible como tal (ambos se encuentran en la misma página del cuaderno en octavo). Evidentemente, Kafka intentaba salir al paso de la objeción de que también «en este mundo», es decir, *en* el mundo sensible, es posible el amor entre los seres humanos.

Como no se atrevía a negarlo, dejó la pregunta abierta; de hecho, este aforismo ofrece uno de los escasos ejemplos del titubeo de Kafka a la hora de extraer la última conclusión lógica. Con todo, devalúa el amor al prójimo de un modo que contradice cualquier noción de ética social: si amo a los otros con todas las relaciones sensibles e ilusorias en las que está enredado, entonces ese amor no es mejor, «ni más ni menos injusto» que el amor hacia mí mismo y *mis* posesiones. Ambas cosas rehúyen igualmente la «verdadera esencia humana» establecida en el aforismo 60.

El contexto en el que aparecen los aforismos 60 y 61 en el cuaderno en octavo muestra que el pensamiento de Kafka todavía estaba en proceso, pues parecen inscribirse en una reflexión que pone en juego un concepto relacionado, el de «alma»: «El observador del alma no puede penetrar en el alma, pero sí hay una línea de demarcación en la que entra en contacto con ella. El hecho de que ni siquiera el alma se conozca a sí misma evidencia el reconocimiento de ese contacto. Así pues, debe permanecer desconocida. [Aquí se inscribe el aforismo 60 entre guiones]. Lo cual sólo sería triste si hubiera otra cosa fuera del alma, pero no hay nada».

De esto se sigue que el alma pertenece al «mundo espiritual» (véase el aforismo 62), igual que la «esencia humana» y lo «indestructible», también incognoscibles. La anotación confirma indirectamente que el amor se funda en la intuición de esas entidades espirituales, no en su conocimiento.

El hecho de que no hay otra cosa que un mundo espiritual nos quita la esperanza y nos da certeza.

Die Tatsache, dass es nichts anderes gibt als eine geistige Welt, nimmt uns die Hoffnung und gibt uns die Gewissheit.

•

Anotado el 9 o el 10 de diciembre de 1917.

El aforismo retoma la idea planteada en el 54 sobre la relación entre el mundo sensible y el espiritual para extraer su conclusión.

Si el mundo sensible no es otra cosa que «el mal en el mundo espiritual», entonces se desvanece toda esperanza de alcanzar cualquier forma de redención o liberación en este mundo sensible, tanto da que sea a través del arte, la vida práctica o el compromiso con una comunidad. En 1920 Kafka le dijo a Brod, medio en broma, que sólo hay esperanza para Dios, no para nosotros.

Si, por otra parte—como se afirma en el aforismo 54—, el mal sólo es «la necesidad de un instante de nuestro eterno desarrollo», al menos nos quedará la certeza de que no permaneceremos atrapados en el limitado mundo sensible para siempre, aunque no esté demasiado claro que el «eterno desarrollo» conduzca necesariamente hacia arriba (véase el aforismo 38).

Nuestro arte es un ser-deslumbrados por la verdad: la luz en el rostro que retrocede con una mueca es verdad, lo demás no.

Unsere Kunst ist ein von der Wahrheit Geblendet-Sein: Das Licht auf dem zurückweichenden Fratzengesicht ist wahr, sonst nichts.

●

Anotado el 11 de diciembre de 1917. Al transcribirlo en el papelito, Kafka cambió «El arte» por «Nuestro arte».

En el aforismo 57 (véase el comentario) Kafka usa el ejemplo de la literatura para señalar que el arte propiamente dicho no tiene acceso directo a la verdad, sino que, en el mejor de los casos, puede captar emanaciones de la verdad. Aunque en los escritos de Kafka no encontremos reflexiones similares sobre las artes no lingüísticas, la generalización de este aforismo indica que Kafka también inscribe la música y la pintura en el limitado mundo sensible.

Unas seis semanas más tarde, anotó en el cuaderno en octavo: «El arte vuela alrededor de la verdad, pero con la firme intención de no quemarse. Su capacidad consiste en encontrar un lugar en el oscuro vacío donde capturar en toda su intensidad el rayo de luz que hasta entonces no era perceptible».

La razón por la que el deslumbrado rostro «retrocede con una mueca» frente a la verdad se desvela en el texto añadido en el papelito número 106: no podemos soportar la visión de la verdad pura, si nos confrontásemos directamente con ella nos convertiríamos en «estatuas de sal».

En una carta escrita durante su último año de vida, Kafka parece sugerir que ya no ve tan limitado el potencial del arte, puesto que permite una comunicación más profunda entre las personas que la conversación y las cartas: «A veces, la esencia del arte en su conjunto, la existencia del arte, sólo me parece explicable partiendo de tales "consideraciones estratégicas", pues el arte hace posible un intercambio de palabras veraces entre las personas».

La expulsión del Paraíso es en su parte principal eterna: así que la expulsión del Paraíso es definitiva, la vida en el mundo inevitable; pero la eternidad del proceso hace posible, sin embargo, que no sólo podamos permanecer en el Paraíso de forma duradera, sino que de hecho estamos allí de manera duradera, indiferente es si aquí lo sabemos o no.

Die Vertreibung aus dem Paradies ist in ihrem Hauptteil ewig: Es ist also zwar die Vertreibung aus dem Paradies endgültig, das Leben in der Welt unausweichlich, die Ewigkeit des Vorganges aber macht es trotzdem möglich, dass wir nicht nur dauernd im Paradiese bleiben könnten, sondern tatsächlich dort dauernd sind, gleichgültig ob wir es hier wissen oder nicht.

•

Anotado el 12 de diciembre de 1917. En el cuaderno en octavo se lee: «La expulsión del Paraíso es en su parte principal un acontecimiento intemporal y eterno». Después de copiarlo en el papelito, Kafka hizo otra corrección. Originalmente se leía: «... pero la eternidad del proceso—o, expresado temporalmente, la eterna repetición del acontecimiento—, permite...».

En las dos correcciones se rechaza la mención explícita a la atemporalidad del proceso. Kafka también realizó este tipo de correcciones en la anotación inmediatamente posterior del cuaderno en octavo, que reza: «Cada instante se corresponde también con algo atemporal. A este mundo no puede seguirle un más allá, pues el mundo del más allá es eterno y no puede tener una relación temporal con este mundo». Kafka volvió a tachar en este caso la primera frase, es decir, la mención a lo «atemporal».

Sin embargo, esta anotación ofrece una clave para entender el aforismo, ya que cabe invertir los términos: puesto que no puede darse relación temporal entre este mundo y el más allá, tampoco el más allá podrá *preceder* a este mundo, lo cual significa que fuera de nuestro limitado concepto del tiempo, la expulsión del Paraíso es perpetua, pero también nuestra existencia en el Paraíso.

Kafka intenta conciliar el acontecimiento mítico de la expulsión—el descenso a «este mundo sensible», a la «tierra»—con su idea de que la esencia del hombre es fundamentalmente indestructible, con independencia de que sea consciente o no (véanse los aforismos 50, 69 y 70/71). Así, el hombre se encuentra como en casa en ambas esferas: conserva una parte de «eternidad» y el proceso de expulsión del Paraíso no concluye.

En el aforismo 66 se retoma el pensamiento de una doble filiación.

Para el motivo de la expulsión del Paraíso, véase el comentario al aforismo número 3.

Él es un ciudadano de la tierra, libre y asegurado, pues está atado a una cadena que es lo bastante larga como para permitirle el acceso libre a todos los espacios de la tierra, pero no tan larga como para permitirle viajar más allá de las fronteras de la tierra. Pero al mismo tiempo él es también un ciudadano libre y asegurado del cielo, pues también está atado a una cadena del cielo calculada de manera similar. Si quiere ir a la tierra, lo ahoga el collar del cielo, si quiere ir al cielo, el de la tierra. Y a pesar de ello, él tiene todas las posibilidades y lo siente, incluso se resiste a atribuir todo ello a un error en el primer encadenamiento.

Er ist ein freier und gesicherter Bürger der Erde, denn er ist an eine Kette gelegt, die lang genug ist, um ihm alle irdischen Räume frei zu geben und doch nur so lang, dass nichts ihn über die Grenzen der Erde reissen kann. Gleichzeitig aber ist er auch ein freier und gesicherter Bürger des Himmels, denn er ist auch an eine ähnlich berechnete Himmelskette gelegt. Will er nun auf die Erde drosselt ihn das Halsband des Himmels, will er in den Himmel jenes der Erde. Und trotzdem hat er alle Möglichkeiten und fühlt es, ja er weigert sich sogar das Ganze auf einen Fehler bei der ersten Fesselung zurückzuführen.

•

Anotado el 14 de diciembre de 1917. No hay registro del papelito con el número 65. De haber existido, sólo dos anotaciones habrían podido estar destinadas al mismo: o la que trata sobre la relación entre este mundo y el más allá (véase el comentario al aforismo 64) o la siguiente entrada en el cuaderno en octavo fechada el 13 de diciembre: «Quien busca no encuentra, quien no busca es encontrado».

En el aforismo 64, Kafka explica por qué la doble pertenencia del hombre a la tierra y al cielo permanece intacta pese a la expulsión del Paraíso. El aforismo 66 extrae una consecuencia de mayor alcance al afirmar que el paso deliberado y duradero del cielo a la tierra (es decir, del mundo espiritual al mundo sensible) es tan imposible como el paso inverso.

La razón por la que, no obstante, el hombre tiene «todas las posibilidades» abiertas es que los dos mundos tienen distinto estatus ontológico, por lo que no existe entre ellos una frontera real. El mundo sensible, el mundo terrenal, es falso, ilusorio, mientras que el celestial, el mundo espiritual, es absoluto—por eso en el aforismo 62 puede afirmarse incluso que sólo existe el mundo espiritual—.

La oscuridad conceptual y las aparentes contradicciones se deben a que Kafka adopta una perspectiva ontológica y otra antropológica, en vez de privilegiar una sobre la otra. Desde el punto de vista ontológico, no fuimos «expulsados» realmente, porque no existe ningún otro «lugar» más allá del mundo espiritual. En cambio, desde el punto de vista antropológico sí tuvo lugar la expulsión del Paraíso, pero como Kafka debe tener en cuenta su interpretación ontológica describe la expulsión de una manera esencialmente más compleja que las religiones monoteístas.

Corre tras los hechos como un principiante en el arte de patinar sobre hielo, que además practica en algún sitio donde está prohibido.

Er läuft den Tatsachen nach wie ein Anfänger im Schlittschuhlaufen, der überdies irgendwo übt, wo es verboten ist.

●

Anotado el 17 o el 18 de diciembre de 1917.

Kafka sintió a menudo que se enfrentaba muy torpemente a los «hechos» de la vida exterior, tardaba demasiado en tomar conciencia de éstos, los evaluaba erróneamente, los situaba en contextos equivocados y no aprendía nada de ellos, de modo que cada nuevo hecho lo pillaba desprevenido.

Como escribió a Felice Bauer: «No tengo memoria, ni para lo que aprendo ni para lo que leo, ni para lo que vivo ni para lo que oigo, ni para las personas ni para los acontecimientos, me doy a mí mismo la impresión de que no hubiera vivido nada, de que no hubiera aprendido nada, de hecho sé de la mayoría de las cosas menos que los niños de una escuela de párvulos, y lo que sé lo sé tan superficialmente que a la segunda pregunta no puedo ya responder. Soy incapaz de pensar, al pensar tropiezo constantemente con limitaciones, aisladamente puedo coger al vuelo algunas cosas, pero en mí un pensamiento coherente y susceptible de desarrollo es completamente imposible».

La imagen del inexperto patinador era familiar para los praguenses—tanto niños como adultos—, ya que el patinaje era el principal pasatiempo en invierno, incluso durante la guerra. Se practicaba sobre todo en pistas de patinaje donde también se daban clases y podían alquilarse los patines. Cuando se helaba el río Moldava se marcaban áreas seguras para patinar, y hacerlo fuera de estas zonas estaba prohibido. Aun así, se producían accidentes mortales, sobre todo entre los adolescentes.

Así pues, el sujeto del aforismo de Kafka no sólo corre el peligro de quedarse atrás de los hechos, sino incluso de perderlos de vista para siempre en caso de accidente. Ésta es otra expresión más del temor de Kafka a que la creciente tensión entre su mundo interior y exterior pudiera conducir a que finalmente se separasen para siempre (véase el comentario al aforismo 77).

68

¡Qué es más alegre que la creencia en un dios doméstico!

Was ist fröhlicher als der Glaube an einen Hausgott!

•

Anotado el 19 o el 20 de diciembre de 1917. En el cuaderno en octavo, inicialmente se leía: «¡Qué es más alegre que la creencia en un dios doméstico! Es un descenso por debajo del verdadero conocimiento y un feliz ascenso infantil». Sin duda, Kafka dudaba de la segunda frase: primero la tachó, luego anuló la tachadura trazando una línea de puntos al margen, y al copiarla en el papelito volvió a descartarla.

Las correcciones prueban una vez más el esfuerzo de Kafka por condensar al máximo sus aforismos: aunque la segunda frase contiene una precisión que ayuda al lector a comprender el contenido conceptual del aforismo, es evidente que a Kafka le pareció redundante.

Algunos años más tarde Kafka se pronunció sobre los dioses domésticos en un tono bien distinto: «A cada enfermo, su dios doméstico; al enfermo del pulmón, el dios de la asfixia. ¿Cómo soportar su acercamiento si no se participa en él ya antes de la terrible unión?». Aquí sale a relucir una vez más la perspectiva naturista de Kafka según la cual las personas sólo enferman cuando previamente han preparado el terreno para la enfermedad, tanto psicológi-

154

ca como físicamente. De hecho, interpretó su propia tuberculosis de este modo, sobre todo en las cartas escritas
desde Zürau.

Teóricamente existe una perfecta posibilidad de dicha: creer en lo indestructible en uno mismo y no intentar alcanzarlo.

Theoretisch gibt es eine vollkommene Glücksmöglichkeit: An das Unzerstörbare in sich glauben und nicht zu ihm streben.

•

Anotado el 19 o el 20 de diciembre de 1917. Kafka corrigió las últimas palabras en el cuaderno en octavo: «... y dejar de intentar alcanzarlo», pero no trasladó la corrección al papelito.

En otra entrada del cuaderno en octavo (tachada más tarde) se lee: «Creer significa: liberar lo que de indestructible hay dentro de uno mismo o, mejor dicho, liberarse a uno mismo o, mejor dicho, ser indestructible o, mejor dicho, ser». Este aforismo parece contradecir la anotación citada, pero sólo si suponemos que la autoliberación—como liberación de la propia esencia—nos hace felices. Como Kafka aprendió por propia experiencia, no es así; por el contrario, la autoliberación supone una lucha inmensamente dolorosa. (Véase acerca de esta entrada también el comentario al aforismo 70/71).

La primera condición que se especifica en el aforismo «creer en lo indestructible en uno mismo», se satisface *siempre* según el aforismo 50, aunque no siempre conscientemente. La segunda condición, por el contrario, significa la renuncia voluntaria a la autoliberación, de modo que la felicidad postulada por Kafka es sólo «teórica».

En una crítica epistolar de la obra de Max Brod *Heidentum, Christentum, Judentum* ['Paganismo, cristianismo, judaísmo'], Kafka citó el aforismo 69 reemplazando «lo indestructible» por «lo divino»: «Tal vez la mejor forma de acercarse a tu punto de vista consista en decir "Teóricamente, existe una perfecta posibilidad de dicha: creer en lo divino en uno mismo y no intentar alcanzarlo"». Kafka adaptó el aforismo al contexto de la carta (de lo contrario se habría visto obligado a explicar el término *indestructible*), pero la equiparación de ambos términos correspondía con su comprensión desde hacía bastante tiempo. Por ejemplo, en 1913 había escrito a Felice Bauer: «Pero lo que ha cambiado en ti, Felice, no han sido más que detalles al margen de tu existencia, que en el transcurso de los meses se ha extendido ante mí, se ha extendido a partir de un indestructible núcleo divino».

Lo indestructible es uno; cada individuo humano lo es, y al mismo tiempo, es lo común a todos, de ahí la inseparable conexión sin precedentes de los seres humanos.

Das Unzerstörbare ist eines; jeder einzelne Mensch ist es und gleichzeitig ist es allen gemeinsam, daher die beispiellos untrennbare Verbindung der Menschen.

•

Anotado en Praga el 24 de diciembre de 1917. Kafka añadió el número 71 con posterioridad, seguramente porque se lo saltó al numerar los papelitos.

Mientras que en los aforismos 50 y 69 se habla de la «confianza» y de la «fe» que tenemos (o debemos tener) en un núcleo indestructible de nosotros mismos, aquí aparece por primera vez «lo indestructible» como un hecho y un presupuesto.

Esta doble perspectiva, sin embargo, ya la evidencia una anotación escrita una semana antes del aforismo 50: «Creer significa: liberar lo que de indestructible hay dentro de uno mismo o, mejor dicho, liberarse a uno mismo o, mejor dicho, ser indestructible o, mejor dicho, ser». Aunque en este caso Kafka intenta precisar el concepto de «fe», la frase está formulada como si lo indestructible no fuera un mero contenido de la fe, sino una realidad.

Otra novedad en este aforismo es la dimensión social de

lo indestructible. Puesto que, según el aforismo 50, lo indestructible puede mantenerse oculto de manera permanente —es decir, inconsciente—, esto también puede aplicarse a la función socializadora de lo indestructible. Kafka no expresa este pensamiento tan sencillo, pero en 1917, en medio de una guerra mundial, pudo ocurrírsele espontáneamente.

Hay en una misma persona conocimientos que, aún siendo totalmente diferentes, tienen el mismo objeto, así que debe inferirse que también en una misma persona tendrá que haber sujetos diferentes.

Es gibt im gleichen Menschen Erkenntnisse, die bei völliger Verschiedenheit doch das gleiche Objekt haben, so dass wieder nur auf verschiedene Subjekte im gleichen Menschen rückgeschlossen werden muss.

•

Anotado en Praga el 24 de diciembre de 1917. En el cuaderno en octavo en vez de «debe» [*muss*] se lee «puede» [*kann*]. Kafka tachó el aforismo tras copiarlo en el papelito.

Kafka señala en este aforismo que existen diversos subsistemas en conflicto dentro de la psique humana, una idea con la que presumiblemente estaba familiarizado a través del psicoanálisis, como permite inferir el uso del término técnico *sujetos*, raro en Kafka y que no aparece en ninguna otra parte en los cuadernos en octavo.

Como puede verse en el aforismo 81, escrito tres semanas más tarde (véase el comentario al mismo), Kafka siguió reflexionando sobre este problema y concibió ideas que apenas pueden conciliarse con la metapsicología de Freud.

73

Él devora los restos de comida de su propia mesa; con eso está satisfecho un poco más de tiempo que los demás, pero olvida comer encima de la mesa; con lo cual se acaban también los restos de comida.

Er frisst den Abfall vom eigenen Tisch; dadurch wird er zwar ein Weilchen lang satter als alle, verlernt aber oben vom Tisch zu essen; dadurch hört dann aber auch der Abfall auf.

•

Anotado en Praga el 27, 28 o el 29 de diciembre de 1917.

En el contexto de las anotaciones de Zürau, el aforismo queda aislado desde el punto temático. La metáfora elegida por Kafka describe con precisión una estrategia socorrida, aunque funesta, de los autores que padecen una crisis de imaginación: comienzan a «aprovechar» lo que en tiempos mejores hubieran desechado. Es muy posible que en este caso, como en tantos otros, Kafka exprese su insatisfacción con la propia productividad literaria e intelectual.

La metáfora sugiere que el yo se mueve de acá para allá en un espacio psicológico interior como en una habitación, o incluso que está fragmentado, que hay varios subsistemas cuyas maneras de obrar son muy distintas (el que devora en la mesa y el que recoge los restos abajo). Como muestran sobre todo los aforismos 72 y 81, Kafka estaba familiarizado con la idea de «sujetos diferentes en una misma persona».

Si lo que *se* dice que en el Paraíso hubo de ser destruido era destructible, entonces es que no era decisivo; si era indestructible, entonces vivimos en una fe falsa.

Wenn das, was im Paradies zerstört worden sein soll, zerstörbar war, dann war es nicht entscheidend; war es aber unzerstörbar, dann leben wir in einem falschen Glauben.

•

Anotado en Praga entre el 30 de diciembre de 1917 y el 1.º de enero de 1918.

En el contexto del mito veterotestamentario al que se hace referencia implícita, el comienzo del aforismo tiene dos implicaciones. Por una parte, el Paraíso se dispuso para servir como entorno vital del ser humano. Según el aforismo 84, no hay ningún indicio, al menos en el interior del mito, de que esa promesa haya sido derogada. El Paraíso continúa existiendo: «Fuimos expulsados del Paraíso, pero no fue destruido», se lee en una entrada del cuaderno en octavo. Por otra parte, el ser humano está destinado a vivir en el Paraíso. Este destino supuestamente se trastocó y tuvimos que abandonar el Paraíso, pero, según la concepción de Kafka, esta expulsión no es un suceso temporal, sino eterno, es algo que todavía no ha concluido y está más allá del alcance de nuestro concepto del tiempo (véase el aforismo 64). En conclusión, tampoco nuestro vínculo con el

Paraíso ha sido «destruido», de modo que, en cierto sentido, nuestro destino originario sigue vigente.

Por tanto, la estructura condicional del aforismo—«si…, entonces»—demuestra ser un mero juego retórico. De hecho, según Kafka, en el Paraíso no se ha producido una destrucción *real*, ni siquiera en el acto de la expulsión; el núcleo humano permanece intacto, puesto que es indestructible (véanse los aforismos 50 y 70/71). Kafka se distancia así del horizonte interpretativo de las religiones mosaicas, y es consciente de ello: «… vivimos en una fe falsa».

También el aforismo 3 sugiere la posibilidad de un regreso al Paraíso; sobre el motivo de la expulsión, véase el comentario a ese aforismo.

75

Ponte a prueba en la Humanidad.[1] Al que duda lo hace dudar; al que cree, creer.

Prüfe Dich an der Menschheit. Den Zweifelnden macht sie zweifeln, den Glaubenden glauben.

•

Anotado entre el 2 y el 11 de enero de 1918. Kafka lo tachó después de copiarlo en el papelito.

El sentido de esta regla lo revelan los aforismos 50 y 70/71. La confianza en algo «indestructible» en nuestro interior, es decir, en la pertenencia a un mundo espiritual (provisionalmente inaccesible), se ve reforzada a través de la Humanidad, puesto que lo indestructible es común a todos y reconocible en los demás. Así pues, si experimento conscientemente esa confirmación reforzada a través de otras personas, obtendré un indicio de que también mi confianza en el propio núcleo indestructible se ha hecho consciente en gran medida y es parte de mi identidad.

En cambio, la consideración de la Humanidad *sin* esa creencia siembra dudas sobre lo indestructible, fomenta la incredulidad, pues la vida social y la historia humana pare-

[1] Mantenemos a propósito en español la mayúscula del alemán *Menschheit* para darle un sentido más enfático al término, tal y como lo entiende aquí Kafka.

cen estar completamente dominadas por las leyes que rigen el mundo sensible. Pero, según el aforismo 57, en el mundo sensible o sensorial importan exclusivamente las relaciones basadas en la posesión, y, según el aforismo 54, este mundo es incluso «malo» moralmente.

76

Ese sentimiento: «Aquí no anclo» ¡y al mismo tiempo sentir alrededor el oleaje agitado que te lleva!

Un cambio de rumbo. Acechante, ansiosa, esperanzada, la respuesta se acerca con sigilo a la pregunta, busca desesperada en su rostro inaccesible, la sigue hasta el sinsentido, es decir, por caminos que se alejan lo más posible de la respuesta.

Dieses Gefühl: «hier ankere ich nicht» und gleich die wogende tragende Flut um sich fühlen!

Ein Umschwung. Lauernd, ängstlich, hoffend umschleicht die Antwort die Frage, sucht verzweifelt in ihrem unzugänglichen Gesicht, folgt ihr auf den sinnlosesten, d. h. von der Antwort möglichst wegstrebenden Wegen.

•

El primer texto fue anotado el 12 de enero de 1918. El segundo, que data de fines de agosto de 1920, Kafka lo copió de un legajo de anotaciones posteriores y lo incluyó en el papelito.

Es posible leer «Aquí no anclo» como la expresión gráfica de la idea de que el mundo sensible, empírico, no puede ser «mi» último destino (un tema central en las anotaciones de Zürau, véase el comentario al aforismo 25). Sin embargo, el nuevo torrente de energía que esta visión (o, más bien, esta conciencia) vuelve inmediatamente palpable no es amenazador, ni siquiera devastador, sino que «lleva» a la persona, lo cual, en el contexto de los aforismos, es una declaración bastante optimista. También el aforismo 78, escrito el mismo día, trata de «levar anclas».

Todo parece indicar que el contexto biográfico contribuyó al optimismo. Apenas dos semanas antes de escribir este aforismo, Kafka se había separado definitivamente de Felice Bauer, tras cinco años de tortuosos intentos de «anclar» en una vida socialmente satisfactoria. Aunque los días de la separación en Praga estuvieron teñidos de tristeza, Kafka se sintió liberado. Escribió a Brod con inusual determinación: «Lo que tengo que hacer, solamente puedo hacerlo solo. Aclararme sobre las cosas supremas». En este sentido, tal vez no sea causalidad que a este aforismo le siguiera el añadido posteriormente, que comienza con las palabras: «Un cambio de rumbo».

El segundo texto es más hermético, aunque también habla del paso a un nuevo nivel de lucidez. A medida que la distancia entre pregunta y respuesta se agranda, la respuesta no puede pretender ser la respuesta a *esa* pregunta y deberá formularse de nuevo para que siga siendo significativa. Así que refutar una respuesta no es el único modo de negarla, también puede mostrarse como irrelevante cuando tiene muy poco que ver con la pregunta.

77

Tratar con personas induce a la observación de sí mismo.

Verkehr mit Menschen verführt zur Selbstbeobachtung.

•

Anotado el 12 de enero de 1918.

Kafka consideraba que el escrutinio de sí mismo, a veces incluso de manera obsesiva, era uno de sus problemas psicológicos más graves, porque lo enajenaba del mundo y de sí mismo, y además menoscababa su autoestima. En 1913 había anotado en su diario: «Mi odio a la observación activa de uno mismo. A interpretaciones psicológicas del tipo de: "Ayer estuve así por tal motivo, hoy estoy asá por tal otro" [...] Soportarse con calma, sin precipitarse, vivir como es debido, no andar mordiéndose la cola como los perros». En los cuadernos en octavo de Zürau incluso caracterizó la observación de uno mismo como instrumento del mal: «Conócete a ti mismo no significa obsérvate. "Obsérvate" es lo que dice la serpiente».

Con todo, el conflicto persistió y en el invierno de 1921-1922 se volvió especialmente opresivo, a juzgar por una anotación en su diario: «Ineluctable obligación de observarse [...] si soy observado por alguna otra persona, también yo tengo, naturalmente, que observarme; si no soy observado por nadie más, con tanta más atención tengo que observarme».

Dos meses más tarde apuntó: «Los relojes no coinciden, el reloj interior corre de una manera diabólica o demoníaca o en todo caso inhumana, el reloj exterior sigue su marcha habitual titubeando. Qué otra cosa puede ocurrir sino que estos dos mundos distintos se separen, y se separan o al menos se desgarran horriblemente. El salvajismo de la marcha interior puede tener distintos motivos, el más visible es la observación de uno mismo, que no deja tranquila a ninguna idea, las persigue a todas hasta sacarlas a la luz, para luego ella misma ser a su vez perseguida, en cuanto idea, por una nueva observación de sí mismo».

Finalmente, en marzo de 1922: «¿Qué pasaría si uno se estrangulase a sí mismo? ¿Si la agobiante observación de uno mismo redujese o cerrase del todo el orificio por el que uno se vierte al mundo? Hay momentos en que no estoy lejos de eso».

78

El espíritu sólo es libre cuando deja de ser un apoyo.

Der Geist wird erst frei, wenn er aufhört, Halt zu sein.

•

Anotado el 12 de enero de 1918. Después de copiar el aforismo en el papelito, en algún momento Kafka pensó en ilustrarlo con un ejemplo y añadió a lápiz: «Si Noé en vez de...», pero finalmente tachó estas palabras con trazos gruesos.

El «mundo espiritual» es un tema recurrente en los cuadernos en octavo de Kafka (véanse especialmente los aforismos 54 y 62). En cambio, el «espíritu» como facultad individual sólo aparece en otra anotación de fines de febrero o primeros de marzo de 1918, presumiblemente referida a Kierkegaard, y con una connotación bastante negativa: «Tiene demasiado espíritu, viaja por toda la tierra en su espíritu como en un carro encantado, incluso por donde no hay caminos. Y no puede saber por sí mismo que allí no hay caminos. Por eso, su humilde ruego de que otros lo sigan se convierte en tiranía, y su sincera convicción "de estar en el camino", en soberbia».

La relación entre el aforismo y esta anotación posterior consiste en que en ambos casos el espíritu aparece instrumentalizado: como apoyo, como vehículo o como medio de soberbia intelectual. La observación de que «no puede saber por sí mismo…» indica que incluso esa forma de brillantez espiritual puede conducir a puntos ciegos por falta de autorreflexión.

79

El amor sensual engaña sobre el amor celestial; no podría hacerlo él solo, pero como tiene en sí de manera inconsciente el elemento del amor celestial, sí puede.

Die sinnliche Liebe täuscht über die himmlische hinweg; allein könnte sie es nicht, aber da sie das Element der himmlischen Liebe unbewusst in sich hat, kann sie es.

•

Anotado el 13 de enero de 1918.

Kafka establece una diferencia ontológica y ética entre el mundo espiritual («celestial») y el mundo sensible, por ejemplo, en el aforismo 54: «...lo que llamamos mundo sensible es el mal en el mundo espiritual». De ahí se deduce que también el deseo sexual, la sensualidad, puede atribuirse al mal (véanse los aforismos 7 y 105). Pero como el mundo sensible y el mundo espiritual no son opuestos del mismo rango—el sensible es más bien una mera sombra del espiritual—, incluso el amor terrenal debe contener un reflejo del amor celestial, ya sea consciente o inconscientemente. Kafka acude aquí a un concepto central de la teoría de las Ideas de Platón, el de *méthexis* ['participación']: la porción siempre presente en cada objeto o fenómeno de su originario arquetipo ideal.

El pensamiento es coherente, pero además ilustra que incluso las ramificaciones más abstractas del pensamiento de

Kafka están sujetas a la influencia de sus conflictos psicológicos. Sus cartas y diarios prueban que, con el paso de los años, la tensión entre el amor como experiencia sensual y espiritual lo torturó cada vez más, hasta que terminó siendo incapaz de profesar ambas formas de deseo a una misma mujer. Esta conciencia le parecía tan fundamental, tan necesaria, que incluso intentó socavar las esperanzas de felicidad erótica de Max Brod: «"La tranquilidad, la absoluta paz en el erotismo" es algo tan extraordinario que parece refutarlo el simple hecho de que te cueste creer que sea posible. De hecho, basta llamarlo de un modo menos pomposo para que las dudas se impongan».

Kafka se sinceró con Milena Jesenská como con nadie acerca de estos temores. Después de recordar, como tantas otras veces, el último tierno encuentro con ella, continuó escribiendo: «Y por eso tienes razón al decir que ya hemos sido uno, y en este sentido no siento ningún temor, no, más bien es mi única felicidad y mi único orgullo [...] No obstante, entre ese mundo diurno y aquella "media hora en la cama" que una vez designaste despreciativamente como "cosa de hombres" hay para mí un abismo que no puedo franquear, probablemente porque no lo deseo. Lo que hay al otro lado es cosa de la noche, en todo sentido y completamente una cosa de la noche».

80

La verdad es indivisible, por eso no puede conocerse a sí misma; quien quiera conocerla tiene que ser mentira.

Wahrheit ist unteilbar, kann sich also selbst nicht erkennen; wer sie erkennen will, muss Lüge sein.

•

Anotado el 14 de enero de 1918. Tachado después de copiarlo en el papelito.

En este aforismo, Kafka repite estructuralmente un argumento que había aplicado al «bien» en noviembre del año anterior. En otras dos entradas en el cuaderno en octavo se lee: «El mal sabe del bien, pero el bien no sabe del mal»; «Sólo el mal se conoce a sí mismo». La indivisibilidad de la verdad podría significar que nada que no sea *completamente* verdad puede ser verdad, y que todo lo que es medio verdad es necesariamente falso (un punto de vista que atestigua la expresión «medias verdades»). Sin embargo, llama la atención que Kafka no elija como antónimo de *verdad* la palabra *falso* sino *mentira*. Una *mentira* es la negación deliberada de la verdad, y el contexto en que se inscribe no es la epistemología sino la ética.

Por consiguiente, este aforismo es un ejemplo de cómo se superponen categorías éticas (bueno/malo) con categorías epistemológicas (verdadero/falso) en Kafka. Su concepto enfático de verdad comprende no sólo lo que es correcto o coherente, sino esencialmente lo que es asimismo bueno. (Estrechamente emparentada está también la pareja de conceptos «espiritual/sensible»; véase el comentario al aforismo 54).

Así pues, Kafka utiliza el concepto de «mentira» en un sentido igualmente enfático: «ser mentira» es mucho más que «decir mentiras», significa ser *esencialmente* mentiroso o malvado.

Este pensamiento radical en torno a la mentira tuvo consecuencias en la imagen que Kafka tenía de sí mismo como escritor. Puesto que la tarea de la literatura consiste en captar, si no la verdad, al menos el destello de su «luz» (véase el aforismo 63), el escritor mismo no puede ser ni representar la verdad, muy al contrario. En este sentido, Kafka citó un comentario oral de Mörike sobre Heinrich Heine: «Es un poeta consumado, pero no podría soportarlo ni un cuarto de hora a causa de la mentira en el núcleo de su ser». Y añadió a renglón seguido: «Un resumen deslumbrante, aunque misterioso, de lo que pienso de los escritores».

81

Nadie puede exigir lo que en última instancia le perjudica. Que, sin embargo, sí que parezca ser así en algún ser humano en particular—y esto quizá lo parezca siempre—sólo se explica porque alguien exige algo en ese ser humano que, desde luego, ayuda a ese alguien pero a un segundo alguien, que ha sido llamado a medias para enjuiciar el caso, lo perjudica gravemente. Si el ser humano ya desde el principio no se hubiera puesto de parte del segundo alguien para el enjuiciamiento, el primer alguien se habría extinguido y con él la exigencia.

Niemand kann verlangen, was ihm im letzten Grunde schadet. Hat es beim einzelnen Menschen doch diesen Anschein—und den hat es vielleicht immer—so erklärt sich dies dadurch, dass jemand im Menschen etwas verlangt, was diesem jemand zwar nützt, aber einem zweiten jemand, der halb zur Beurteilung des Falles herangezogen wird, schwer schadet. Hätte sich der Mensch gleich anfangs, nicht erst bei der Beurteilung auf Seite des zweiten jemand gestellt, wäre der erste jemand erloschen und mit ihm das Verlangen.

•

Anotado probablemente el 15 de enero de 1918.

La fórmula «Nadie puede exigir...» es fácil de malinterpretar. El verbo *verlangen* no significa 'exigir' en el sentido de 'reclamar', sino de 'tener necesidad de algo, anhelar o desear', tal y como queda claro cuando la palabra reaparece como sustantivo al final del aforismo.

En el aforismo 72, Kafka ya había afirmado la existencia de varios sujetos en el interior de una misma persona, pero en este caso la idea no sólo tiene implicaciones en el plano cognitivo, sino que el sentido se amplia y abarca el deseo.

A raíz de la lectura de literatura psicológica, Kafka se familiarizó con la idea de que la psique humana consta de subsistemas interrelacionados entre sí de manera compleja, que tanto pueden complementarse como oponerse. Sin embargo, este aforismo muestra que para Kafka estas interacciones son más pasajeras que para Freud, puesto que afirma que las personalidades subsidiarias («alguien») podrían desaparecer mediante una simple decisión del «individuo» (es decir, de la personalidad entera). Así pues, la división no es total ni irreversible.

Puesto que la recepción del psicoanálisis por parte de Kafka no está documentada en detalle, no es posible determinar con certeza hasta qué punto se distanció conscientemente de este en los aforismos 72 y 81. En 1912 escribió a Willy Haas: «Creo que sobre Freud pueden leerse cosas inauditas. Por desgracia, sé poco de él y mucho de sus discípulos, por eso sólo me inspira un gran respeto vacío».

Sobre la crítica de Kafka al psicoanálisis, véase también el comentario al aforismo 93.

¿Por qué nos quejamos del pecado original? No por su causa fuimos expulsados del Paraíso, sino por el árbol de la vida, para que no comiésemos de él.

Warum klagen wir wegen des Sündenfalls? Nicht seinetwegen sind wir aus dem Paradiese vertrieben worden, sondern wegen des Baumes des Lebens, damit wir nicht von ihm essen.

•

Anotado el 20 de enero de 1918.

En el mito veterotestamentario del pecado original y de la expulsión del Paraíso se mencionan dos árboles prohibidos: el árbol del conocimiento y el árbol de la vida. Después de que Adán y Eva hubieron comido del árbol del conocimiento, Dios les anunció como castigo la expulsión del Paraíso y una vida de penas y fatigas. La necesidad de la expulsión la fundamentó posteriormente así: «Díjose Yavé Dios: "He aquí a Adán hecho como uno de nosotros, conocedor del bien y del mal; que no vaya ahora a tender su mano al árbol de la vida y, comiendo de él, viva para siempre". Y le arrojó Yavé Dios del jardín del Edén».

Como es característico de Kafka (véanse, por ejemplo, sus prosas breves «El silencio de las sirenas» y «Prometeo»), también somete este mito a un enfoque psicológico moderno. Lee e interpreta las palabras de la tradición como si se tratara de la expresión consistente y comprensible de un sujeto humano que intenta racionalizar su propia manera de actuar (en una entrada del cuaderno en octavo incluso califica de «inexacta» una predicción de Dios, véase el comentario al aforismo 3). Según Kafka, en realidad no se trataba en absoluto del «pecado original» y su castigo, sino más bien de evitar para siempre que pudiésemos probar el fruto del árbol de la vida.

Este desplazamiento en la lectura del Antiguo Testamento supone una desvalorización del pecado original y una considerable revalorización de la importancia del árbol de la vida. Kafka extrajo las consecuencias éticas de esta revaloración en el siguiente aforismo, probablemente escrito el mismo día.

Para la expulsión del Paraíso, véanse también los aforismos 3, 64, 74 y 84.

Wir sind nicht nur deshalb sündig, weil wir vom Baum der Erkenntnis gegessen haben, sondern auch deshalb, weil wir vom Baum des Lebens noch nicht gegessen haben. Sündig ist der Stand, in dem wir uns befinden, unabhängig von Schuld.

No somos pecadores sólo por haber comido del árbol del conocimiento, sino también porque todavía no habíamos comido del árbol de la vida. Pecaminoso es el estado en el que nos encontramos, independientemente de la culpa.

Wir sind nicht nur deshalb sündig, weil wir vom Baum der Erkenntnis gegessen haben, sondern auch deshalb, weil wir vom Baum des Lebens noch nicht gegessen haben. Sündig ist der Stand, in dem wir uns befinden, unabhängig von Schuld.

•

Anotado el 20 o el 21 de enero de 1918. En el cuaderno en octavo se encuentra una línea de separación entre las dos frases, que Kafka escribió inicialmente como anotaciones separadas.

En la primera redacción, Kafka formuló la antítesis de forma más concisa y tajante: «No somos pecadores por haber comido el fruto del árbol del conocimiento, sino porque no hemos comido el del árbol de la vida».

El aforismo prosigue con la reflexión del anterior y la radicaliza tanto que se opone a la tradición religiosa al calificar de pecado la observancia de un mandato divino (*no* comer el fruto del árbol de la vida).

Una anotación posterior del cuaderno en octavo aclara cómo llegó Kafka a esta revaluación: «Para nosotros existen dos clases de verdad, de acuerdo con la representación del árbol del conocimiento y el árbol de la vida: la verdad del que obra y la verdad del que está quieto. En la primera, el bien se separa del mal, pero la segunda, que nada sabe del bien y del mal, no es otra cosa que el bien mismo. La primera verdad se nos ha dado realmente, la segunda sólo como un mero vislumbre. Ésta es la parte triste. La dichosa es que la primera verdad pertenece al instante, mientras que la segunda, a la eternidad, por eso también la primera verdad se desvanece a la luz de la segunda».

Así pues, Kafka interpreta que comer el fruto del árbol de la vida es la transición a una vida de orden superior, que ya no depende de la distinción entre el bien y el mal porque en sí misma *es* buena. (De un modo parecido al marco conceptual del aforismo 37, en que el simple *poseer* está subordinado al ser). El pecado original, descrito con tanto detalle en el Antiguo Testamento, pierde significado y se «desvanece». Por supuesto, esta interpretación se basa en la esperanza de que el acceso a la vida «verdadera» no nos está vedado para siempre. Según Kafka, esta esperanza está justificada porque la expulsión del Paraíso (véanse los aforismos 3, 74 y 84) es un acontecimiento fuera del tiempo y por lo tanto no ha concluido (véase el aforismo 64).

Fuimos creados para vivir en el Paraíso, el Paraíso estaba destinado a servirnos. Nuestro destino sufrió un cambio; que también esto sucedería con el destino del Paraíso no se dice.

Wir wurden geschaffen, um im Paradies zu leben, das Paradies war bestimmt uns zu dienen. Unsere Bestimmung ist geändert worden; dass dies auch mit der Bestimmung des Paradieses geschehen wäre, wird nicht gesagt.

•

Anotado el 20 o el 21 de enero de 1918. En el cuaderno en octavo la segunda frase dice apodícticamente: «Nuestro destino se vio alterado, el del Paraíso no». Sólo al copiarlo en el papelito relativizó Kafka la afirmación al remitirse al mito veterotestamentario con las palabras «no se dice» (igual que en el aforismo 74).

En el cuaderno en octavo Kafka escribió cuatro anotaciones consecutivas que trataban del mismo tema. Las otras tres, que luego tachó, rezan así: «Fuimos expulsados del Paraíso, pero no fue destruido»; «Casi hasta el final del relato sobre el pecado original queda abierta la posibilidad de que el jardín del Edén quede maldito junto con la humanidad. Sólo la humanidad fue maldecida, no el Jardín del Edén»; «La expulsión del Paraíso fue en cierto sentido una suerte, puesto que si no hubiésemos sido expulsados el Paraíso habría tenido que ser destruido». Kafka eligió la anotación más lacónica, que tiene incluso apariencia jurídica.

La permanencia del Paraíso—aunque escape a la capacidad de nuestra temporal facultad de imaginar—es de gran importancia para el concepto de «indestructibilidad» en Kafka; véase al respecto el aforismo 74 y el comentario correspondiente.

Sobre el motivo de la expulsión del Paraíso, véase también el comentario al aforismo 3.

85

El mal es una irradiación de la conciencia humana en determinadas fases de transición. No es propiamente el mundo sensible apariencia, sino su mal, que a nuestros ojos constituye el mundo sensible.

Das Böse ist eine Ausstrahlung des menschlichen Bewusstseins in bestimmten Übergangsstellungen. Nicht eigentlich die sinnliche Welt ist Schein, sondern ihr Böses, das allerdings für unsere Augen die sinnliche Welt bildet.

•

Anotado el 20 o el 21 de enero de 1918. En el cuaderno en octavo la anotación finalizaba primero con las palabras: «... sino el mal que hay en él, que a nuestros ojos, sin embargo, es lo mismo». La corrección tuvo lugar antes de copiarla en el papelito.

Parece difícil conciliar este aforismo con lo dicho en algunos otros en los que se caracteriza el mal como una fuerza que actúa en el hombre desde fuera. Aquí, el mal se atribuye sólo al hombre, aunque en el aforismo 54 leemos que «lo que llamamos mundo sensible es el mal en el mundo espiritual». Aun así, ese aforismo aclara lo que Kafka entiende por «fases de transición» al añadir que «lo que llamamos mal es sólo la necesidad de un instante de nuestro eterno desarrollo». El mal está ligado al desarrollo del hombre, mientras que el concepto de «necesidad» señala que no sólo se trata de un fenómeno psicológico, sino más bien espiritual, independiente de nuestra voluntad. Por ello, en el aforismo 105 no sólo se califica al hombre en su situación actual de «transición», sino que también «este mundo» en su conjunto se describe como un estadio de transición hacia un mundo superior.

Las contradicciones aparentes resultan evidentemente de la tendencia de Kafka a considerar el fenómeno del mal no sólo desde una perspectiva ontológica, sino también ética y psicológica, y no siempre distingue claramente el punto de vista y significado al que se refiere.

Sobre el mal, véanse también los aforismos 19, 28, 29, 39, 51, 54, 55, 86, 95, 100 y 105, así como el comentario al aforismo 7. Sobre las relaciones entre el mundo sensible y el mundo espiritual, véanse los aforismos 57, 62 y 97.

86

Desde el pecado original somos en la capacidad de conocer el bien y el mal esencialmente iguales; a pesar de ello buscamos precisamente aquí nuestras ventajas especiales. Pero sólo más allá de ese conocimiento comienzan las verdaderas diferencias. La apariencia contraria viene causada por lo siguiente: nadie puede conformarse con el conocimiento sólo, sino que debe aspirar a actuar de acuerdo con él. Pero para eso no le ha sido dada la fuerza suficiente, de ahí que tenga que destruirse a sí mismo incluso corriendo el peligro de no obtener por ello la fuerza necesaria, pero no le queda otra cosa que este último intento. (Éste es también el sentido de la amenaza de muerte en la prohibición de comer del árbol del conocimiento; quizá sea éste también el sentido originario de la muerte natural). Ahora bien, este intento le da miedo; preferiría anular el conocimiento del bien y del mal; (la denominación «pecado original» se remonta a ese miedo) pero lo ocurrido no es posible borrarlo sino sólo empañarlo. Para este fin surgen las motivaciones. El mundo entero está lleno de ellas, es más, el mundo visible entero no es quizá otra cosa que una motivación del hombre que quiere descansar durante un instante. Un intento de falsear los hechos del conocimiento, de convertir primero en meta el conocimiento.

Seit dem Sündenfall sind wir in der Fähigkeit zur Erkenntnis des Guten und Bösen im Wesentlichen gleich; trotzdem suchen wir gerade hier unsere besonderen Vorzüge. Aber erst jenseits dieser Erkenntnis beginnen die wahren Verschiedenheiten. Der gegenteilige Schein wird durch Folgen-

des hervorgerufen: Niemand kann sich mit der Erkenntnis allein begnügen, sondern muss sich bestreben, ihr gemäss zu handeln. Dazu aber ist ihm die Kraft nicht mitgegeben, er muss daher sich zerstören, selbst auf die Gefahr hin, sogar dadurch die notwendige Kraft nicht zu erhalten, aber es bleibt ihm nichts anderes übrig, als dieser letzte Versuch. (Das ist auch der Sinn der Todesdrohung beim Verbot des Essens vom Baume der Erkenntnis; vielleicht ist das auch der ursprüngliche Sinn des natürlichen Todes). Vor diesem Versuch nun fürchtet er sich; lieber will er die Erkenntnis des Guten und Bösen rückgängig machen; (Die Bezeichnung »Sündenfall« geht auf diese Angst zurück) aber das Geschehene kann nicht rückgängig sondern nur getrübt werden. Zu diesem Zweck entstehen die Motivationen. Die ganze Welt ist ihrer voll, ja die ganze sichtbare Welt ist vielleicht nichts anderes, als eine Motivation des einen Augenblick lang ruhenwollenden Menschen. Ein Versuch, die Tatsache der Erkenntnis zu fälschen, die Erkenntnis erst zum Ziel zu machen.

•

Anotado el 22, 23 o 24 de enero de 1918. A causa de la extensión de la entrada, Kafka usó también el reverso del papelito 86.

Probablemente Kafka concibió las dos primeras frases (hasta «diferencias») como un texto completo en sí mismo, ya que en el cuaderno en octavo siguen dos anotaciones más (entre ellas, el aforismo 87), y sólo después la continuación del aforismo 86. Esta continuación era originalmente más larga y concluía con la frase: «Pero debajo de todo el humo está el fuego, y aquél cuyos pies arden no se salvará por el hecho de no ver más que el negro humo por todas partes». Kafka tachó esta frase antes de copiarla en el papelito.

El concepto central de este aforismo es de naturaleza psicológica: todos sabemos en el fondo qué es bueno y qué es malo, pero no tenemos la fuerza necesaria para realizar algo puramente bueno. Nos sentimos impulsados a perseguirlo, pero corremos el riesgo de ir demasiado lejos (destruirlo) y por eso nos asusta el intento y nos retraemos. En lugar de ello edulcoramos retrospectivamente nuestro conocimiento del bien y del mal, es decir, inventamos razones («motivaciones») para hacer que las propias obras pasen por buenas, algo que no son objetivamente, y de esta manera tranquilizarnos. Solamente este arte de la racionalización diferencia esencialmente a los seres humanos.

El texto parece especialmente complejo porque Kafka inscribe este pensamiento en especulaciones metafísicas, que a su vez extraen sus imágenes del mito veterotestamentario. Este giro especulativo del pensamiento alcanza su apogeo en la penúltima frase, donde psicología y metafísica coinciden en un punto: tal vez, especula Kafka, nuestro mundo no es más que un obstáculo creado por los seres humanos que nos permite interrumpir «por un instante», sin mala conciencia, nuestra agotadora lucha para alcanzar el bien, y actuar como si todavía hubiera que aclarar qué significa realmente el «bien».

Sobre la relación entre el bien y el mal, véanse también los aforismos 27, 51, 55 y 105, así como el comentario al aforismo 7. Sobre el «pecado original» en el «árbol del conocimiento», véanse los aforismos 82 y 83, así como los comentarios a los aforismos 3 y 11/12.

87

Una fe como una cuchilla de guillotina, tan pesada, tan ligera.

Ein Glaube wie ein Fallbeil, so schwer, so leicht.

●

Anotado el 22, 23 o 24 de enero de 1918. Para la relación entre los aforismos 86 y 87 en el manuscrito, véase el comentario al aforismo 86.

El cuaderno en octavo revela que Kafka escribió primero: «Una fe pesada como una cuchilla de guillotina…». Como evidencian muchas otras correcciones, seguramente también ésta buscaba conseguir la máxima concisión lingüística.

Parece obvio que con este aforismo Kafka apuntaba a dos planos distintos de la reflexión. La «fe» es «ligera» cuando es aceptada como algo evidente o incluso cuando tiene efecto en las personas sin que éstas lo adviertan, como ocurre con la fe en la vida, que no es un logro psíquico, sino que surge de la propia vida (véase el aforismo 109).

Pero la fe se vuelve «pesada» en cuanto se impregna de pensamiento. Por una parte, porque surgen dudas que tienden a intensificarse bajo la presión de la experiencia de la vida (véase, por ejemplo, el aforismo 75). Por otra, se vuelve «pesada» en el sentido de 'abrumadora': una vez advertimos cuánto depende de la fe—que para Kafka adquiere estatus ontológico (véase el comentario al aforismo 37)—, surge la obligación, el *deber* de creer.

Finalmente, se hace evidente el abismo entre nuestra capacidad de creer y nuestras limitadas posibilidades de vivir de acuerdo con nuestra fe. Así, por ejemplo, el aforismo 69 recomienda como camino a la felicidad: «Creer en lo indestructible en uno mismo y no intentar alcanzarlo», si bien Kafka admitía que tal posibilidad sólo era teórica, puesto que toda fe que se ha vuelto consciente urge a la realización.

Que Kafka elija la drástica imagen de la cuchilla de la guillotina subraya aún más los peligros a los que nos enfrenta esta aporía. Como leemos en el aforismo 86: «... nadie puede conformarse con el conocimiento sólo, sino que debe aspirar a actuar de acuerdo con él. Pero para eso no le ha sido dada la fuerza suficiente, de ahí que tenga que destruirse a sí mismo».

La muerte está ante nosotros acaso como en la pared del aula de la escuela un cuadro de la batalla de Alejandro. Depende de nuestras obras todavía en esta vida oscurecer el cuadro o incluso borrarlo.

Der Tod ist vor uns, etwa wie im Schulzimmer an der Wand ein Bild der Alexanderschlacht. Es kommt darauf an, durch unsere Taten noch in diesem Leben das Bild zu verdunkeln oder gar auszulöschen.

•

Anotado el 25, 26 o 27 de enero de 1918. Kafka añadió la fórmula «en esta vida» al copiarlo en el papelito.

Ya antes Kafka había intentado concretar temporalmente el enunciado en el cuaderno en octavo: sobre las palabras «Depende de» insertó una palabra incompleta, *erwach…* ['adult…'], que luego tachó. Es la huella de una corrección cuyo resultado habría podido ser: «Depende de que, al llegar a adultos…» o, más concisamente: «Depende de que, de adultos…».

En el Altstädter Gymnasium, el instituto de secundaria de la Ciudad Vieja de Praga donde estudió Kafka, colgaba una reproducción del conocido mosaico de Alejandro Magno compuesto al menos de un millón de teselas de piedra y vidrio (siglo II a. C., encontrado en Pompeya en 1831). Las diversas referencias a Alejandro Magno inducen a pensar que la reproducción a gran tamaño de una batalla, presumiblemente la de Issos (333 a. C.) contra los persas, impresionó profundamente al joven Kafka (véanse los comentarios a los aforismos 34 y 39).

Este aforismo es el único que tiene la muerte como tema central y la describe como desafío ético. Sólo podemos deducir indirectamente qué actitud filosófica adoptó Kafka frente a la muerte biológica. Seguramente no la consideraba un límite absoluto, pues tal cosa sería incompatible tanto con su visión de un núcleo «indestructible» de todos los seres humanos como con la idea de un «desarrollo eterno» (véanse los aforismos 50, 54, 69 y 70/71).

La relación emocional de Kafka con su propia muerte cambió en los meses de Zürau, de un modo, por cierto, que a sus amigos les parecía poco favorable a su recuperación. Por ejemplo, escribió a Max Brod: «La única certeza es que no hay nada a lo que pueda entregarme con mayor confianza que la muerte». Y el mismo día, en el diario: «A la muerte, por lo tanto, sí me confiaría. Resto de una fe. Regreso al Padre. Gran Día de Expiación».

Dos posibilidades: hacerse infinitamente pequeño o serlo. La primera es perfección, es decir, inacción; la segunda, comienzo, es decir, acción.

Zwei Möglichkeiten: sich unendlich klein machen oder es sein. Das erste ist Vollendung also Untätigkeit, das zweite Beginn, also Tat.

•

Anotado el 28, 29 o 30 de enero de 1918. Tachado después de copiarlo en el papelito.

Kafka corrigió la numeración del papelito, de «89» a «90». No está claro si hubo un papelito con el número 89.

Existen indicios de que Kafka cometió un lapsus en esta anotación al confundir «la primera» con «la segunda» (en la edición de los cuadernos en octavo que realizó Max Brod se corrigió sin mayor indicación),[1] ya que resulta difícil entender en qué sentido «hacerse infinitamente pequeño» podría significar «inacción».

El carácter defensivo de Kafka nos permite comprender por qué consideraba la pequeñez, no la grandeza, un atributo de la perfección: tendía a reconciliar experiencias sociales humillantes haciéndose cargo personalmente de

---

[1] De acuerdo con la corrección de Max Brod, se lee: «Dos posibilidades: hacerse infinitamente pequeño o serlo. La segunda es perfección, es decir, inacción; la primera, comienzo, es decir, acción».

ellas, por ejemplo, asumía las críticas de los demás dirigiéndose críticas aún más severas.

La experiencia de la pequeñez está relacionada con esta estrategia: Kafka se sentía «empequeñecer» cuando el entorno social lo abrumaba. «Me sentía tan pequeño, y todos a mi alrededor se alzaban con tan gigantesca estatura», escribió Kafka—que medía un metro con ochenta y dos centímetros de altura—con ocasión de una visita a casa de la familia de Felice Bauer. Así pues, se esforzaba por pasar desapercibido socialmente, es decir, por mostrar un flanco de ataque lo más reducido posible. Véase al respecto el comentario a Milena Jesenská: «En la atmósfera de tu vida en común con él [su marido], soy realmente como el ratón en la "casa rica", al que en el mejor de los casos se le da permiso una vez al año para correr libremente por la alfombra».

El aforismo 94 ilustra el intento de justificar intelectualmente la estrategia de autodestrucción.

91

Para evitar un error verbal: lo que tiene que ser destruido activamente debió de estar antes sujeto con mucha firmeza; lo que se derrumba se derrumba, pero no puede ser destruido.

Zur Vermeidung eines Wort-Irrtums: Was tätig zerstört werden soll, muss vorher ganz fest gehalten worden sein; was zerbröckelt, zerbröckelt, kann aber nicht zerstört werden.

•

Anotado el 28, 29 o 30 de enero de 1918. Tachado después de copiarlo en el papelito.

En el cuaderno en octavo se encuentra una versión de este aforismo menos elaborada desde el punto de vista lingüístico, pero Kafka la corrigió antes de transcribir el texto en el papelito. La caligrafía parece indicar que la corrección se hizo a vuela pluma, y la primera versión rezaba: «Para evitar un error: lo que tiene que ser destruido debió de estar antes sujeto con mucha firmeza; lo que se derrumba no puede ser destruido».

Una vez más, Kafka se atiene a la lógica de la imagen: el lector tiene que visualizar el proceso para entender el argumento. «Destrucción» y «derrumbe» conducen al mismo resultado práctico, pero ambos conceptos tienen connotaciones muy distintas, pues el primero alude a un obrar activo, mientras que el segundo remite a un proceso que se da de forma natural. Ello explica que Kafka utilice la expresión «error verbal».

La diferencia resulta significativa sobre todo en un contexto ético, al que apuntan las palabras *activamente* y *debió*. Si siento que debo destruir algo, tengo que tomarlo en mis manos, aferrarlo, captarlo en sentido visual, es decir, entenderlo; no basta con distanciarse. En cambio, lo que está destinado a derrumbarse ante mis ojos carece de relevancia ética.

92

La primera adoración de ídolos fue seguramente miedo ante las cosas, pero en relación con esto, miedo ante la necesidad de las cosas y, en relación con esto otro, miedo ante la responsabilidad de las cosas. Tan gigantesca pareció esa responsabilidad que ni siquiera se osó imponérsela a un único sobrehumano, puesto que tampoco por la simple mediación de un ser hubiera quedado la responsabilidad humana lo suficientemente aligerada, el trato con un solo ser todavía estaría demasiado manchado por la responsabilidad, por eso se dio a cada cosa la responsabilidad de sí misma, más aún, se dio a esas cosas también una proporcionada responsabilidad de los seres humanos.

Die erste Götzenanbetung war gewiss Angst vor den Dingen, aber damit zusammenhängend Angst vor der Notwendigkeit der Dinge und damit zusammenhängend Angst vor der Verantwortung für die Dinge. So ungeheuer erschien diese Verantwortung dass man sie nicht einmal einem einzigen Aussermenschlichen aufzuerlegen wagte, denn auch durch Vermittlung bloss eines Wesens wäre die menschliche Verantwortung noch nicht genug erleichtert worden, der Verkehr mit nur einem Wesen wäre noch allzusehr von Verantwortung befleckt gewesen, deshalb gab man jedem Ding die Verantwortung für sich selbst, mehr noch, man gab diesen Dingen auch noch eine verhältnismässige Verantwortung für den Menschen.

•

Anotado el 28, 29 o 30 de enero de 1918. En la primera

versión, este aforismo incluía una frase introductoria, que también utilizó Kafka como epígrafe del segundo cuaderno en octavo de Zürau: «Al imponerte una responsabilidad demasiado grande o, mejor dicho, toda la responsabilidad, te aplastas». Asimismo, también incluía una última frase, a modo de resumen, que se omitió: «Nadie conseguía hacer lo suficiente para crear contrapesos, este mundo ingenuo era el más complicado que jamás había existido, y su ingenuidad se expresaba exclusivamente como una brutal coherencia».

La corrección indica que, aunque Kafka ofreciera una fundamentación especulativa del animismo, su principal preocupación era una vez más ética: la responsabilidad. En particular, la larga segunda frase sugiere que en tiempos remotos los hombres eligieron libremente entre creer en una divinidad, en varias o en innumerables, y decidieron de acuerdo con el criterio del mayor alivio de responsabilidad, delegando tanta como fuera posible. A juzgar por la última frase tachada, la decisión no habría sido en absoluto ingenua, pero sólo fue posible—ahí reside la crítica de Kafka—al precio de ponerse en una situación extremadamente complicada y agotadora.

Sobre otra función de la fe en Dios también destinada a aligerar el peso de la propia responsabilidad, véase el aforismo 50.

93

¡Por última vez psicología!

Zum letztenmal Psychologie!

•

Anotado el 1.º de febrero de 1918 y tachado tras haber sido transcrito en el papelito.

En el cuaderno en octavo, Kafka anotó en la línea anterior: «Cartas de Lenz», en referencia a una correspondencia que acababa de publicarse, *Briefe von und an J. M. R. Lenz* ['Cartas de y a J. M. R. Lenz'], que su editor Kurt Wolff le había enviado como regalo. Al comienzo del prólogo, el editor de las cartas explicaba: «Lo que justifica la edición completa de un epistolario [...] es que la persona en que se centra tenga un gran interés psicológico y, en consecuencia, merezca la pena conocerla en todas sus facetas». Tal afirmación pudo haber motivado este aforismo 93.

Poco después, en una anotación del 25 de febrero, Kafka aclaraba por qué estaba harto de la psicología: «Psicología es lectura de una escritura invertida, es decir, laboriosa y, en lo que respecta al resultado siempre exacto, fructífera; pero en realidad no ha ocurrido nada». Sin embargo, Kafka tachó esta anotación de forma llamativa, con un montón de líneas.

Cuatro meses antes había anotado: «La psicología es la descripción del reflejo del mundo terrenal en el plano celestial o, mejor dicho, la descripción de un reflejo tal como lo concebimos nosotros, inmersos en lo terrenal, ya que en realidad no existe ningún reflejo, sólo nosotros vemos la tierra adonde quiera que miremos».

Kafka leyó tratados de psicología sobre todo durante sus años de estudiante universitario. A los diecinueve años, por ejemplo, asistió a un curso de «Introducción a la psicología descriptiva» que impartía el profesor Anton Marty, adepto de Franz Brentano. La teoría psicológica de Brentano, que excluía las representaciones o ideas inconscientes, fue discutida en el Louvre-Zirkel ['Círculo del Louvre'], un grupo de debate filosófico al que Kafka perteneció durante una temporada.

Más tarde, su escepticismo general respecto a la psicología se extendió al psicoanálisis. En una carta a Max Brod escrita desde Zürau, Kafka caracterizó la literatura psicoanalítica como algo que «al principio te sacia muchísimo, pero poco después vuelves a tener la misma hambre».

Aun así, en las anotaciones de Zürau son claramente reconocibles las huellas de algunos supuestos del psicoanálisis; véanse, por ejemplo, los aforismos 72 y 81, así como los comentarios correspondientes.

94

Dos tareas del comienzo de la vida: limitar cada vez más tu círculo y verificar una y otra vez si tú no estás escondido en algún lugar fuera de tu círculo.

Zwei Aufgaben des Lebensanfangs: Deinen Kreis immer mehr einschränken und immer wieder nachprüfen, ob Du Dich nicht irgendwo ausserhalb deines Kreises versteckt hältst.

•

Anotado el 1.º de febrero de 1918.

El aforismo ilustra la idea de Kafka de que todo ser humano está dotado de una impronta espiritual, una «esencia» que debe asumir y desarrollar (una concepción que armonizaba con la pedagogía de la Lebensreform—'La reforma de la vida', el movimiento que abogaba por el retorno a la naturaleza—, que Kafka suscribía). Para desarrollar esa impronta hay que centrarse en lo esencial, y cualquier otra cosa tan sólo será un «escondite» temporal para eludir las exigencias de la propia naturaleza.

En una anotación posterior realizada en Zürau, Kafka fue incluso más lejos al definir el cumplimiento de la tarea dictada por la esencia de cada persona como la única justificación posible de la vida humana: «Nadie desarrolla aquí otra cosa que su potencial espiritual; importa menos que parezca estar trabajando para ganarse la comida, la ropa, etcétera, porque con cada bocado visible que se le entrega se le da también otro invisible, con cada prenda visible, también otra prenda invisible, etcétera. Ésta es la justificación de todo ser humano. Parece como si sustentara su existencia mediante justificaciones posteriores, pero eso es sólo un espejo psicológico, en realidad está construyendo su vida en base a sus justificaciones».

Ya en 1912 a Kafka le había asaltado la duda de si él mismo no habría limitado demasiado su propio círculo a causa de la literatura, a juzgar por esta entrada en su diario: «Puede reconocerse muy bien en mí una concentración orientada a la escritura. Cuando se hizo claro a mi organismo que escribir era la dirección más productiva de mi naturaleza, todo tendió con apremio hacia allá y dejó vacías todas aquellas capacidades que se dirigían preferentemente hacia los gozos del sexo, la comida, la bebida, la reflexión filosófica, la música. Adelgacé en todas esas direcciones».

En sus últimos años de vida, la tuberculosis y sus cada vez más escasas relaciones sociales hicieron que a Kafka le complaciera menos el concepto de «limitarse» y todas las connotaciones ascéticas asociadas al mismo. El protagonista de su relato «Un artista del hambre» se atiene a su naturaleza, pero no parece un personaje positivo.

El mal está a veces en la mano como una herramienta de trabajo, reconocido o no reconocido, permite sin oposición, si se tiene voluntad de hacerlo, que se lo deje a un lado.

Das Böse ist manchmal in der Hand wie ein Werkzeug, erkannt oder unerkannt, lässt es sich, wenn man den Willen hat, ohne Widerspruch zur Seite legen.

•

Anotado el 2 de febrero de 1918 y tachado después de copiarlo en el papelito.

En el cuaderno en octavo, el mal puede dejarse a un lado «tranquilamente». No obstante, sin duda a Kafka le molestó la ambigüedad semántica—¿a *quién* se refiere *tranquilamente*?—, y corrigió por «sin oposición». En el cuaderno en octavo también se aprecia otro intento de formulación metafórica: «... dejarse de lado el mal, en hibernación, un mal encantado que de hecho se desmorona ante tu mirada».

A juzgar por la gran cantidad de anotaciones sobre la influencia y las trampas del mal (véanse los aforismos 7, 19, 28, 29, 39, 55 y 105), la afirmación de que la simple «voluntad» basta para paralizar el mal resulta sorprendente.

Sin embargo, Kafka sostenía que cada persona alberga en su interior un núcleo «indestructible» que la conecta con la comunidad humana, pero también con una esfera que se encuentra más allá del mundo sensible (véanse los aforismos 50 y 70/71). En consecuencia, podemos *hacer* mucho mal voluntariamente, pero no podemos *ser* absolutamente malvados. La influencia del mal alcanza su límite tan pronto como la persona cobra conciencia de su núcleo humano. Como leemos en el aforismo 51: «El mal puede seducir al hombre, pero no ser hombre». Y, de acuerdo con el aforismo 100, no es posible creer en el mal.

Algunas de las personas que conocieron a Kafka han dado testimonio de que también era fiel a esta máxima en su comportamiento social. Max Brod, por ejemplo, anotó en 1918: «Su bondadosa manera de buscar siempre lo positivo en todos (incluso si son enemigos), de considerar en qué tienen razón, o lo que no les queda más remedio que hacer […] a menudo me ha ofrecido consuelo, me ha proporcionado un asidero. Me da fuerzas su fe en que ninguna intención pura, ningún esfuerzo real será jamás inútil, en que nada bueno puede echarse a perder».

96

Las alegrías de esta vida no son las *suyas*, sino *nuestro* miedo del ascenso a una vida superior; los tormentos de esta vida no son los suyos, sino nuestro tormento a causa de aquel miedo.

Die Freuden dieses Lebens sind nicht die <u>seinen</u>, sondern <u>unsere</u> Angst vor dem Aufsteigen in ein höheres Leben; die Qualen dieses Lebens sind nicht die seinen, sondern unsere Selbstqual wegen jener Angst.

•

Anotado el 3 de febrero de 1918. En el cuaderno en octavo ya aparecen subrayadas las palabras *suyas* y *nuestro*. En lugar de «nuestro miedo», en un principio ponía «nuestro titubeo».

La corrección indica cuán condensado semánticamente está el aforismo. Kafka obliga al lector a desarrollar por su cuenta procesos mentales condensados en una sola palabra, como quien lee una frase en la que todo son abreviaturas de uso común. Las alegrías no «son», por consiguiente, miedo en sentido literal, sino expresión de nuestro titubeo a la hora de desasirnos «de esta vida»; el titubeo, a su vez, es expresión de nuestro miedo.

Así pues, las alegrías existen sólo porque procuramos evitar dirigir nuestra mirada a un mundo «superior». En cambio, los tormentos existen porque somos conscientes secretamente de que las alegrías son sólo una estrategia de distracción.

Se trata de un pensamiento absolutamente antipsicológico y resulta más comprensible si se toman en cuenta los aforismos 97, 102 y 103, que tratan explícitamente de las «penas» o los «sufrimientos» (en el presente aforismo, Kafka utiliza el término *tormento* para sugerir al lector suplicios autoinfligidos). En tales aforismos queda claro que se refiere a una conducta colectiva que surge de la «naturaleza» humana, no a un fracaso individual que pudiera evitarse mediante un esfuerzo ascético-moral aislado. Lo mismo es aplicable a la idea errónea de que alegrías y penas son términos absolutamente contrarios (véase especialmente el siguiente aforismo, escrito un día después).

La concepción que Kafka tenía de una «vida superior» se basaba en la distinción entre el mundo sensible y el espiritual (véanse, por ejemplo, los aforismos 54, 57, 62, 85 y 97), así como en el supuesto de que la humanidad experimenta un eterno desarrollo, que puede interpretarse como un paulatino «ascenso» (véanse los aforismos 6 y 54 y el comentario al aforismo 38).

97

Nur hier ist Leiden Leiden. Nicht w. als
ob die, welche hier leiden, anderswo wegen
dieses Leidens erhöht werden sollen, sondern
w. das, das was in dieser Welt Leiden
heisst, in einer andern Welt, unverändert
und nur befreit von seinem Gegensatz,
Seligkeit ist.

Sólo aquí es sufrimiento el sufrimiento. No en tanto que los que aquí sufren tengan que ser elevados en algún otro sitio a causa de ese sufrimiento, sino que eso que en este mundo se llama sufrimiento, en otro mundo, inalterado y sólo liberado de su opuesto, es bienaventuranza.

Nur hier ist Leiden Leiden. Nicht so, als ob die, welche hier leiden, anderswo wegen dieses Leidens erhöht werden sollen, sondern so, dass das was in dieser Welt Leiden heisst, in einer andern Welt, unverändert und nur befreit von seinem Gegensatz, Seligkeit ist.

•

Anotado el 4 de febrero de 1918. En el cuaderno en octavo el texto tiene una frase introductoria: «El sufrimiento es el elemento positivo de este mundo, la única conexión entre este mundo y lo positivo».

La razón de que falte la primera frase en la transcripción podría ser que junto a lo «positivo» pone en juego un concepto adicional que no es fácilmente compatible con «otro mundo». Véase el aforismo 54, donde se habla del «mal» en el mundo espiritual, así como el comentario al aforismo 27.

En los aforismos 96, 102 y 103, Kafka también interpreta el sufrimiento humano de una manera que equivale a una revisión sustancial de este concepto. El aforismo 97 plantea claramente que esta revisión todavía debe ir mucho más lejos que, por ejemplo, en las religiones monoteístas, que sólo atenúan el sufrimiento y minimizan su importancia ofreciendo la perspectiva de una recompensa.

Kafka sigue un modelo conceptual que está exactamente prefigurado en las tres etapas de la «reconciliación dialéctica» de Hegel y también de Kierkegaard. En este aforismo, el sufrimiento será *superado* en el triple sentido del verbo: 'destruido' (el sufrimiento ya no será sufrimiento), 'preservado' (puesto que permanece «inalterado»), y 'elevado' (pues una vez «liberado» de su opuesto se transformará en «bienaventuranza»; véase también el comentario al aforismo 103).

No está claro si este préstamo intelectual—que llama la atención en vista del pensamiento de Kafka, generalmente visual—tiene algo que ver con su relectura de Kierkegaard en febrero de 1918. A fines de marzo, en una carta a Max Brod, Kafka mencionaba terminología de Kierkegaard que lo había impresionado especialmente, por ejemplo «el concepto de la "dialéctica"».

Para la distinción entre «este mundo» y «otro mundo» —que Kafka define como la distinción entre el mundo «sensible» y el «espiritual»—, véanse los aforismos 54, 57, 62, 85 y 96.

La idea de la vastedad infinita y plenitud del cosmos es el resultado de la mezcla, llevada al extremo, de creación esforzada y autorreflexión libre.

Die Vorstellung von der unendlichen Weite und Fülle des Kosmos ist das Ergebnis der zum Äussersten getriebenen Mischung von mühevoller Schöpfung und freier Selbstbesinnung.

•

Anotado el 6 de febrero de 1918. Kafka lo tachó después de haberlo copiado en el papelito.

Dado que este aforismo carece de correspondencia temática en toda la colección de los papelitos, y los cuadernos en octavo no contienen ninguna aclaración preliminar ni correcciones sustanciales, es una de las anotaciones más difíciles de descifrar.

Kafka sugiere aquí que nuestra idea del cosmos es básicamente una proyección. Para eso diferencia entre dos estados de agregación humana: por una parte, la «autorreflexión libre», que, como movimiento puramente psíquico, no choca con ningún obstáculo externo, no conoce barreras espaciales ni temporales y dispone de una reserva inagotable; por otra, la «creación» como actividad práctica, que siempre es «esforzada», pues tiene que lidiar con la resistencia de lo material, las leyes de la lógica y de la causalidad, y las limitadas fuerzas.

En la vida real los dos estados se superponen, puesto que toda producción práctica va acompañada de una actividad espiritual, pero también la agota y, por lo tanto, la limita. Si efectivamente fuera posible mezclar entre sí los dos estados—«hasta el extremo» como dice Kafka—, la creación se produciría con casi la misma libertad que el pensamiento. El resultado sería una explosión creativa de vastedad y plenitud infinitas cuya imagen sería el cosmos.

El trasfondo de estas reflexiones podrían haber sido las leyes que rigen la producción literaria, de las que Kafka también se ocupa ocasionalmente en el diario. La libre imaginación impele a la creación de un cosmos literario, mientras el material, especialmente el lenguaje y los requisitos de la forma literaria y de la comunicación, impone fronteras y límites al acto creativo e invariablemente ofrece un pálido reflejo del potencial infinito que permanece oculto.

99

Cuánto más opresiva que la más implacable convicción de nuestro estado pecaminoso actual es la convicción más endeble de la antigua y eterna justificación de nuestra temporalidad. Sólo la fuerza para soportar esta segunda convicción, que en su pureza comprende por entero a la primera, es la medida de la fe.

———

Muchos dan por hecho que junto al gran engaño originario se ha preparado todavía para cada uno de ellos un pequeño engaño especial, es decir, que si se representa en el escenario una intriga amorosa, la actriz, aparte de la falsa sonrisa para su amante, tiene una segunda sonrisa no menos pérfida para un determinado espectador de la última galería. Esto se llama ir demasiado lejos.

Wieviel bedrückender als die unerbittlichste Überzeugung von unserem gegenwärtigen sündhaften Stand ist selbst die schwächste Überzeugung von der einstigen ewigen Rechtfertigung unserer Zeitlichkeit. Nur die Kraft im Ertragen dieser zweiten Überzeugung, welche in ihrer Reinheit die erste voll umfasst, ist das Mass des Glaubens.

———

Manche nehmen an, dass neben dem grossen Urbetrug noch in jedem Fall eigens für sie ein kleiner besonderer Betrug

*veranstaltet wird, dass also wenn ein Liebesspiel auf der
Bühne aufgeführt wird, die Schauspielerin ausser dem verlo-
genen Lächeln für ihren Geliebten auch noch ein besonders
hinterhältiges Lächeln für den ganz bestimmten Zuschauer
auf der letzten Galerie hat. Das heisst zu weit gehen.*

•

El primer texto fue anotado el 9 de febrero de 1918. El segundo, de fines de agosto de 1920, Kafka lo copió de un legajo de anotaciones posteriores y lo incluyó en el papelito.

En el cuaderno en octavo, el primer texto va precedido de
dos reflexiones estrechamente relacionadas con el tema:
«Pero la eternidad no es temporalidad detenida [raya transversal de separación]. Lo que resulta opresivo de la idea
de eternidad es la justificación, incomprensible para nosotros, que el tiempo debe experimentar en la eternidad, y
la consiguiente justificación de nosotros mismos tal como
somos».
Lo que hace tan «opresiva» la idea de la «justificación incomprensible para nosotros» y la razón por la que nos exige tanta «fe» resulta claro cuando se tiene presente el concepto de «tiempo» de Kafka. Como leemos en el cuaderno
en octavo: «A este mundo no puede seguirle el mundo del
más allá, pues el mundo del más allá es eterno y no puede
tener una relación temporal con este mundo». Dicho de
otro modo, sólo desde nuestra perspectiva limitada existe
una «antigua» justificación; en realidad, nuestro tiempo fi-
nito está comprendido en la eternidad, de modo que cada
instante particular requiere justificación. El aforismo 40
ofrece una formulación todavía más contundente al hablar
de «juicio sumario».

Inicialmente, el segundo texto comenzaba así: «Las personas desconfiadas siempre me han parecido ridículas, porque suponen que junto al gran engaño...». Kafka cambió ese comienzo por: «Las personas desconfiadas son las que suponen que junto al gran engaño...». Sólo al transcribir el aforismo al papelito Kafka redujo la frase a: «Muchos dan por hecho que junto al gran engaño...». Asimismo, originalmente en la última frase se hablaba de «estúpido orgullo», y una vez más la corrección tuvo lugar en la transcripción. Ambas correcciones tienen en común que revocan y neutralizan valores negativos del comportamiento humano.

La expresión «gran engaño originario» se refiere a la ilusión de tomar el mundo sensible y terrenal por el mundo real, mientras que en verdad sólo existe el mundo espiritual (véase el aforismo 62).

100

Puede darse un saber de lo diabólico, pero ninguna creencia en ello, pues más diabólico de lo que hay aquí no lo hay.

Es kann ein Wissen vom Teuflischen geben, aber keinen Glauben daran, denn mehr Teuflisches, als da ist, gibt es nicht.

•

Anotado el 21 de febrero de 1918.

El aforismo describe obviamente nuestra relación con el «mal», ya que para Kafka «lo diabólico» y «el mal» son sinónimos (véase, por ejemplo, la primera versión del aforismo 7).

En este aforismo resulta evidente (igual que en el 48) que Kafka no entiende el concepto de «creencia» en el sentido meramente epistemológico. Lo importante para él no es el convencimiento trivial de que el mal existe, sino la cuestión de la identificación con el mal, que según Kafka es fundamentalmente imposible, porque añadiría un nuevo mal al que ya existe en el mundo: la identificación del mal con uno mismo de manera consciente y voluntaria.

Cabe preguntarse si Kafka no cae en una trampa lógica, porque si la argumentación tuviera fundamento también podría aplicarse a la bondad. La creencia en la bondad es sin duda buena, por lo que añadiría una nueva bondad al bien que ya existe en el mundo, lo cual resulta imposible de acuerdo con el argumento del aforismo.

Kafka soslayó esta aporía al considerar que el bien es algo más que lo opuesto al mal o una mera contrapartida del mal. El mal sólo tiene una importancia transitoria (véase el aforismo 54), mientras que el bien es absoluto y eterno, así que literalmente existe en abundancia. En este sentido, existe «más bien del que hay en este mundo».

Evidentemente, con este aforismo Kafka intentó justificar su convencimiento de que uno puede *hacer* cosas malas, pero no puede *ser* deliberada y totalmente malo, puesto que eso sería irreconciliable con el núcleo «indestructible» del ser humano (véanse los aforismos 50 y 70/71). Como leemos en el aforismo 51, aunque el mal pueda seducir al hombre, no puede «ser hombre».

Sobre el mal, véase también el comentario al aforismo 7.

101

El pecado siempre viene abiertamente y es posible captarlo enseguida con los sentidos. Va sobre sus raíces y no tiene que ser arrancado.

Die Sünde kommt immer offen und ist mit den Sinnen gleich zu fassen. Sie geht auf ihren Wurzeln und muss nicht ausgerissen werden.

•

Anotado el 21 de febrero de 1918. En el cuaderno en octavo el aforismo reza: «El pecado siempre viene abiertamente y es posible captarlo enseguida con los sentidos. Transparente como algo que se ha creado a sí mismo. Viene de fuera y, cuando se le pregunta, revela su origen».

La reformulación en el papelito 101 es un ejemplo de que Kafka siempre buscaba imágenes que pudieran desarrollarse junto con el pensamiento que contenían (como puede observarse también en el aforismo 73). Con independencia del grado de abstracción del pensamiento, Kafka prefiere la formulación más plástica y, por lo tanto, más «literaria».

En este caso, la primera versión ya empleaba dispositivos literarios, puesto que el mal está personificado («cuando se le pregunta, revela su origen»), pero el proceso sigue resultando opaco y mentalmente no conduce más allá. En cambio, la insólita imagen de las raíces sobre las que «va» el pecado—como si fuera caminando sobre sus piernas— nos lleva a concluir que la metáfora mucho más común de «arrancar el pecado de raíz» ignora su verdadera naturaleza.

Justo dos meses antes, Kafka anotó en el cuaderno en octavo: «En el Paraíso, como siempre: lo que causa el pecado y la capacidad de reconocerlo son una y la misma cosa». Esto concuerda con la idea de Kafka de que sólo el mal es consciente de las diferencias morales: «El mal sabe del bien, pero el bien no sabe del mal»; «Sólo el mal se conoce a sí mismo».

Así pues, este aforismo concluye que quien comete un pecado no puede evitar advertir que él mismo es su caldo de cultivo (que es algo creado por él mismo, tal y como dice la versión originaria), incluso cuando parece venir de fuera, por ejemplo, en forma de tentación. Sus verdaderas raíces permanecen siempre visibles.

102

Todas las penalidades que nos rodean también tenemos
que padecerlas nosotros. Todos nosotros no tenemos un
cuerpo, aunque sí un crecimiento y éste nos conduce a través de todos los dolores de una u otra manera. Igual que el
niño se desarrolla a través de todos los estadios de la vida
hasta llegar a viejo y hasta la muerte (y cada estadio, en el
fondo, le parece al anterior, en deseo o en temor, inalcanzable), de la misma manera nos desarrollamos nosotros (no
menos profundamente unidos con la humanidad que con
nosotros mismos) a través de todas las penas de este mundo. En este contexto no hay sitio para la justicia, pero tampoco para el miedo ante el sufrimiento o para la interpretación del sufrimiento como un mérito.

Alle Leiden um uns müssen auch wir leiden. Wir alle haben
nicht einen Leib aber ein Wachstum und das führt uns durch
alle Schmerzen, ob in dieser oder jener Form. So wie das Kind
durch alle Lebensstadien bis zum Greis und zum Tod sich
entwickelt (und jedes Stadium im Grunde dem früheren,
im Verlangen oder in Furcht, unerreichbar scheint) ebenso
entwickeln wir uns (nicht weniger tief mit der Menschheit
verbunden als mit uns selbst) durch alle Leiden dieser Welt.
Für Gerechtigkeit ist in diesem Zusammenhang kein Platz,
aber auch nicht für Furcht vor den Leiden oder für die Aus-
legung des Leidens als eines Verdienstes.

•

Anotado el 21 de febrero de 1918. En cuanto al contenido de este aforismo, Kafka hizo algunas correcciones dignas de mención. En el cuaderno en octavo las primeras frases decían: «Todas las penalidades que nos rodean también tendremos que padecerlas nosotros. Cristo sufrió por la humanidad, pero la humanidad tiene que sufrir por Cristo. Todos nosotros no tenemos cuerpo, sino...». Como se ve, al copiar el aforismo en el papelito, Kafka cambió el *tendremos* en futuro por *tenemos* en presente, y suprimió la mención a Cristo.

Asimismo, en el cuaderno en octavo la frase subordinada «de la misma manera nos desarrollamos nosotros [...] a través de todas las penas de este mundo» proseguía con «hasta la redención de todos». Más tarde, Kafka corrigió y puso «junto con todos nuestros congéneres». En la versión final que copió en el papelito no se encuentra ninguna de estas puntualizaciones.

Este aforismo abunda en la idea (también formulada en el aforismo 70/71) de que el núcleo «indestructible» del ser humano no es una característica meramente individual, sino que existe una unidad indestructible que crea un vínculo indivisible entre todos los seres humanos. Cuando esta humanidad en constante desarrollo tropieza con adversidades y entra en conflictos, no es posible evitarlos ni resolverlos individualmente, puesto que sencillamente afectan a todos.

Al escribir la primera versión del aforismo es muy posible que Kafka se inspirara en *Temor y temblor* y *La repetición* de Kierkegaard, ya que, según le dijo a Max Brod, estaba leyendo las dos obras en la segunda quincena de febrero. Incluso antes, el 7 de febrero, anotó en el cuaderno en octavo: «Cristo, el instante», lo cual parece una referencia al concepto clave de «instante» en el pensamiento de Kierkegaard.

No obstante, para el filósofo danés el sufrimiento es una experiencia muy específica, existencial y activa en el desarrollo de la interioridad, mientras que en el aforismo de Kafka el término tiene un sentido más amplio.

Sobre el «desarrollo» humano, véanse también los aforismos 6 y 54, así como el comentario al aforismo 38. Sobre el «sufrimiento» humano, véanse los aforismos 97 y 103.

103

Tú puedes mantenerte alejado de las penas del mundo, para esto tienes libertad y se corresponde con tu naturale za, pero quizá es precisamente este mantenerte alejado la única pena que tú podrías evitar.

Du kannst Dich zurückhalten von den Leiden der Welt, das ist Dir freigestellt und entspricht Deiner Natur, aber vielleicht ist gerade dieses Zurückhalten das einzige Leid, das Du vermeiden könntest.

•

Anotado el 22 de febrero de 1918.

El aforismo formula una idea que puede leerse como consecuencia directa del aforismo 102, escrito el día anterior: «Todas las penalidades que nos rodean...» se convierte aquí en las «penas del mundo». Kafka no se refiere, pues, a las penas que resultan de adversidades casuales e individuales, sino del sufrimiento de la humanidad que nos involucra a todos.

El paso del *nosotros* al *tú* sugiere que en este aforismo se trata de extraer consecuencias éticas de la visión planteada en el aforismo 102. La naturaleza humana tiende a evitar el sufrimiento incluso cuando aún es algo remoto, pero al mantenernos al margen del sufrimiento compartido perdemos también la conexión con la humanidad como tal y, con ello, retrasamos su desarrollo.

Este empobrecimiento del vínculo con los demás y la experiencia común entrañará sufrimiento en un sentido más profundo, que no obstante es posible evitar si resisto la tentación de mantenerme al margen, si no me aíslo por miedo al sufrimiento (o a la visión del sufrimiento). El aforismo 97 revela el beneficio que en última instancia obtendré de mi implicación con el sufrimiento compartido: me reservo la oportunidad de participar en el ascenso a «otro mundo», un mundo en el que experimentar y compartir con los demás el sufrimiento constituirá nuestra mayor dicha.

Los aforismos 96, 97, 102 y 103, que tratan del sufrimiento, pueden malinterpretarse fácilmente como expresión de un ascetismo que reniega de los sentidos y hasta de la felicidad si se los considera de forma aislada (y más aún, si añadimos la primera versión del aforismo 97: «El sufrimiento es el elemento positivo de este mundo»). Pero si los consideramos desde el punto de vista de su relación recíproca, como perspectivas de un mismo problema, entonces queda claro que Kafka pensaba en una forma compasiva de sufrimiento, cuyo momento positivo o «celestial» intentaba preservar.

104

El hombre tiene libre albedrío, y de tres maneras.

Primero, era libre cuando quiso esta vida; ahora, ciertamente ya no puede revocarla, pues él ya no es aquel que entonces la quiso, aunque seguiría siendo libre en tanto que realiza la voluntad de entonces, en tanto que vive.

Segundo, es libre en tanto que puede elegir la manera de andar y el camino de esta vida.

Tercero, es libre en tanto que siendo el que otra vez volverá a ser, tiene la voluntad de dejarse ir por la vida bajo cualquier condición y de esta manera volver a sí mismo, y ello por un camino que, aunque se puede elegir, es tan laberíntico que no deja intacto ningún palmo de terreno de esta vida.

Esta es la triplicidad del libre albedrío, pero este es también, en tanto que simultáneo, en el fondo, uno y el mismo, tanto que no tiene más sitio para una voluntad, sea ésta libre o no libre.

Der Mensch hat freien Willen undzwar dreierlei: Erstens war er frei, als er dieses Leben wollte; jetzt kann er es allerdings nicht mehr rückgängig machen, denn er ist nicht mehr jener, der es damals wollte, es wäre denn insoweit, als er seinen damaligen Willen ausführt, indem er lebt.

Zweitens ist er frei, indem er die Gangart und den Weg dieses Lebens wählen kann.

Drittens ist er frei, indem er als derjenige, der er einmal wieder sein wird, den Willen hat, sich unter jeder Bedingung durch das Leben gehen und auf diese Weise zu sich kommen zu lassen undzwar auf einem zwar wählbaren, aber

jedenfalls derartig labyrinthischen Weg, dass er kein Fleck-
chen dieses Lebens unberührt lässt.

Das ist das Dreierlei des freien Willens, es ist aber auch,
da es gleichzeitig ist, ein Einerlei und ist im Grunde so sehr
Einerlei, dass es keinen Platz hat für einen Willen weder für
einen freien noch unfreien.

•

Anotado el 22 de febrero de 1918. La primera versión en
el cuaderno en octavo contiene numerosas correcciones
hechas posteriormente, como por ejemplo el cambio de la
segunda persona del singular («Eras libre cuando quisis-
te esta vida...») por la tercera persona del singular en todo
el aforismo.

En la primera publicación de los aforismos (que se inclu-
yeron en el volumen *Durante la construcción de la muralla
china* publicado en 1931) este texto recibió el número 89.

Este aforismo no plantea ninguna tesis metafísica, más bien
describe un movimiento del pensar que lleva del análisis de
un concepto (el «libre albedrío, y de tres maneras») a la
conciencia de que tal análisis es inútil. Asistimos en este
caso a la naturaleza inconclusa del pensamiento de Kafka.
Un mes más tarde, cuando Max Brod se quejaba por carta
de la falta de libertad de la voluntad, Kafka respondió: «Mi
ojo, que simplifica hasta la esterilidad absoluta, jamás ha
conseguido fijar el concepto del libre albedrío en un punto
del horizonte con tanta precisión como lo haces tú».

La confusión conceptual se agudiza a causa del doble
sentido de «hombre» como individuo y como especie. La
primera de las tres libertades mencionadas se refiere al ser

humano que, al caer en el pecado original, manifestó libremente su voluntad de querer *esta* vida terrenal, a juzgar por un intercambio con Gustav Janouch en el que Kafka mencionaba el pecado original como prueba del libre albedrío del ser humano.

La segunda libertad puede interpretarse como individual, pero la tercera vuelve a ser colectiva, pues no es el individuo, sino la humanidad la «que no deja intacto ni un palmo de terreno de esta vida».

La fórmula «siendo el que otra vez volverá a ser» sugiere la idea de Kafka de que el hombre experimenta «un eterno desarrollo» (véase el aforismo 54) que lo conducirá más allá de las fronteras de lo terrenal. Garante de este desarrollo es el «núcleo indestructible» del ser humano. Dado que este elemento indestructible es tanto individual como colectivo (véase el aforismo 70/71), la distinción pierde para Kafka su significado metafísico, como es posible advertir en este aforismo.

105

El medio de seducción de este mundo así como el signo
de garantía de que este mundo es sólo un tránsito es lo mismo. Con razón, pues sólo así puede seducirnos ese mundo
y ello corresponde a la verdad. Pero lo peor es que logra-
da la seducción olvidamos la garantía y sucede así que lo
bueno nos lleva a lo malo, la mirada de la mujer a su cama.

*Das Verführungsmittel dieser Welt sowie das Zeichen der
Bürgschaft dafür, dass diese Welt nur ein Übergang ist, ist
das gleiche. Mit Recht denn nur so kann uns diese Welt verführen und es entspricht der Wahrheit. Das Schlimme ist
aber, dass wir nach geglückter Verführung die Bürgschaft
vergessen und so eigentlich das Gute uns ins Böse, der Blick
der Frau in ihr Bett gelockt hat.*

•

Anotado el 23 de febrero de 1918. En el cuaderno en octavo
se lee una frase introductoria que Kafka no copió en el papelito: «La mujer o, dicho más claramente, el matrimonio
es el representante de la vida al que tienes que enfrentarte.
Lo malo es que el medio de seducción de este mundo...».
   Por otra parte, inicialmente Kafka tachó entero el pensamiento formulado en la última frase, pero luego lo copió
en el papelito, aunque en una versión más pulida.

Las correcciones y la imagen al final del aforismo sugieren que Kafka se proponía retomar y desarrollar el pensa-

miento del aforismo 79 sobre el amor sensual. No sólo las relaciones sexuales, sino *todas* las relaciones entre el hombre y la mujer—también el matrimonio—forman parte de la «seducción de este mundo», en el sentido de que obstaculizan nuestra visión de todo lo que está más allá de nuestro mundo sensible. Sin embargo, la razón por la que producen este efecto es que contienen en su seno, de manera inconsciente, el mundo trascendente, «celestial». Así pues, la promesa (la «garantía») que ofrecen estas relaciones es correcta («corresponde a la verdad»). El error está en nosotros: cuando nos limitamos a disfrutar de las relaciones y nos acomodamos a ellas, olvidamos la promesa.

En el aforismo 7, Kafka también menciona uno de «los medios de seducción» y elige la cama como imagen de la derrota. El abismo ético entre la «mirada» de una mujer y su «cama» es la manifestación de un conflicto psicológico que Kafka fue incapaz de resolver durante toda su vida, como atestigua el aforismo 79 sobre el amor sensual (véase el comentario correspondiente). Kafka formuló esta contradicción de manera todavía mucho más aguda en una conversación con Gustav Janouch: «Las heridas que provoca el amor en realidad nunca terminan de sanar, ya que el amor siempre viene acompañado de inmundicia».

Al afirmar que el mundo sensible es sólo un «tránsito», Kafka insiste en que el mundo sensible y el espiritual no se hallan opuestos estáticamente. De acuerdo con el aforismo 54, el mundo sensible es «sólo la necesidad de un instante de nuestro eterno desarrollo» y, por lo tanto, está condenado a desaparecer.

106

La humildad da a cada cual, también al solitario desesperado, el vínculo más fuerte con el prójimo, y ciertamente de la manera más inmediata, aunque sólo si la humildad es plena y duradera. Puede hacer eso porque ella es el verdadero lenguaje del rezo, al mismo tiempo adoración y la más sólida de las vinculaciones. El vínculo con el prójimo es el vínculo del rezo, el vínculo consigo mismo, el vínculo del deseo; del rezo se saca la fuerza para desear.

———

¿Acaso puedes conocer otra cosa distinta del engaño? Si alguna vez llegara a destruirse el engaño, no te sería permitido mirar o te convertirías en estatua de sal.

Die Demut gibt jedem auch dem einsam Verzweifelnden das stärkste Verhältnis zum Mitmenschen undzwar sofort allerdings nur bei völliger und dauernder Demut. Sie kann das deshalb, weil sie die wahre Gebetsprache ist, gleichzeitig Anbetung und festeste Verbindung. Das Verhältnis zum Mitmenschen ist das Verhältnis des Gebetes, das Verhältnis zu sich das Verhältnis des Strebens; aus dem Gebet wird die Kraft für das Streben geholt.

———

Kannst Du denn etwas anderes kennen als Betrug? Wird einmal der Betrug vernichtet darfst Du ja nicht hinsehn oder Du wirst zur Salzsäule.

•

Anotado el 24 de febrero de 1918. Kafka copió el segundo texto, de fines de agosto de 1920, de un legajo de anotaciones posteriores y lo añadió al papelito.

El aforismo 70/71 explica por qué existe «el vínculo más fuerte» entre todos los seres humanos: porque «lo indestructible» es común a todos. La «humildad» que recomienda Kafka simplemente nos hace conscientes de este vínculo, es la forma en la que incluso el más solitario puede descubrirlo.

Como ya hiciera con el concepto de «fe» [*Glaube*], Kafka elige el concepto marcadamente religioso de «rezo» u «oración» [*Gebet*] para caracterizar un proceso o una experiencia que es posible comprender como *análoga* a la religión. La «adoración» del prójimo no es un acto religioso, como tampoco es religiosa la fe en lo «indestructible» (véanse los comentarios a los aforismos 50 y 109).

Así, este aforismo describe una actitud *interior* hacia el prójimo. No obstante, en lo que se refiere al comportamiento social, Kafka intentó convencerse de que no podía ser correcto complacer a los demás esforzándose por hacerse comprensible («visible») a cualquier precio y asegurándose de que la comunicación no se rompiera. Ilustró estos pensamientos dos años más tarde en sus *Diarios* con la imagen del solitario Robinson, pero en este caso la «humildad» adquiría un valor negativo: «Si por terquedad o por humildad o por miedo o por ignorancia o por nostalgia no hubiera abandonado nunca Robinson el punto más alto o, mejor dicho, el más visible de su isla, pronto habría perecido, pero como, sin prestar atención a los barcos ni a sus débiles catalejos, empezó a investigar toda su isla y deleitarse con ella, sobrevivió y a la postre [...] fue encontrado».

En cuanto al segundo texto, el análisis de un problema moral que se encuentra en el aforismo 55 ofrece un ejemplo concreto de cómo, desde la perspectiva humana, todo puede convertirse en engaño. La verdad más allá del engaño pertenece al «mundo espiritual» y, por lo tanto, es inalcanzable incluso por medio del arte (véanse los aforismos 57 y 63). Asimismo, en el aforismo 99 se habla del «gran engaño originario».

107

Todos son muy amables con A., como si alguien quisiera proteger cuidadosamente un billar extraordinario incluso de los buenos jugadores hasta que llega el gran jugador, examina el tablero con esmero, no tolera ningún error previo, pero después, cuando él mismo empieza a jugar, se comporta de la manera más salvaje y desvergonzada.

Alle sind zu A. sehr freundlich, so etwa wie man ein ausgezeichnetes Billard selbst vor guten Spielern sorgfältig zu bewahren sucht, solange bis der grosse Spieler kommt, das Brett genau untersucht, keinen vorzeitigen Fehler duldet, dann aber, wenn er selbst zu spielen anfängt, sich auf die rücksichtsloseste Weise auswütet.

•

Anotado el 26 de febrero de 1918.

De niño, Kafka estaba convencido de que conseguía arreglárselas para ir pasando de curso gracias a la amabilidad y la indulgencia de otras personas, pero un examen serio bastaría para poner en evidencia la farsa. Este convencimiento permaneció invariable mientras fue empleado del Instituto de Seguros de Accidentes de Trabajo, donde seguía temiendo que su relación casi amigable con sus superiores se debiera tan sólo a que hacían la vista gorda ante su escasa eficacia. La inevitable llegada de un «examen serio» fue durante décadas una de las más obstinadas y tormentosas imaginaciones de Kafka (contra las que también se defendía imaginariamente adoptando la estrategia de empequeñecerse; véase el aforismo 90).

En este aforismo sublima este temor convirtiéndolo en «juego», pero a la vez le da una forma mítica al sugerir que el propósito último de la amabilidad de sus congéneres es preparar a la víctima «A.» para cuando llegue el «gran jugador», que no tiene ningún miramiento y somete la mesa de billar a un sádico examen (el uso del artículo determinado en «*el* gran jugador» subraya el carácter deliberado del efecto mítico).

Este aforismo es uno de los muchos ejemplos que ilustran cómo Kafka convierte una experiencia decisiva y psicológicamente comprensible en una imagen cuasi mítica que luego elaborará literariamente. Por ejemplo, el destino del acusado Josef K. en *El proceso* también puede leerse como un «examen serio», una prueba que volverá insignificantes los demás exámenes que ha aprobado en la vida.

En el billar, el término *tablero* es un sinónimo de *mesa* que apenas se usa. Sobre la abreviatura «A.», véase el comentario al aforismo 10.

«Pero después volvió a su trabajo como si nada hubiera ocurrido». Ésta es una observación que nos parece familiar a causa de una profusión poco clara de viejos relatos, pese a que tal vez no aparezca en ninguno de ellos.

»*Dann aber kehrte er zu seiner Arbeit zurück, so wie wenn nichts geschehen wäre.*« *Das ist eine Bemerkung, die uns aus einer unklaren Fülle alter Erzählungen geläufig ist, trotzdem sie vielleicht in keiner vorkommt.*

•

Anotado el 26 de febrero de 1918.

Kafka introduce aquí un ejemplo de que también las cosas, como las personas, poseen una naturaleza intrínseca, una especie de esencia espiritual. La frase citada no nos resulta «familiar» porque la hayamos leído, sino más bien porque captura la esencia de los «viejos relatos», evoca su atmósfera, su característica sencillez, etcétera. De ahí que la frase no sólo suene «correcta», sino además reconocible: se produce un reconocimiento mental sin necesidad de una confirmación concreta en los hechos.

—Que nos falte fe no puede decirse. Sólo el simple hecho de nuestra vida es imposible de agotar en su valor de fe.

—¿Aquí habría un valor de fe? Pero si no podemos no-vivir.

—Precisamente en ese «pero si no podemos» se encierra la loca fuerza de la fe; en esa negación obtiene su forma.

———

No es necesario que salgas de casa. Quédate junto a tu mesa y escucha. Ni siquiera escuches, sólo espera. Ni siquiera esperes, quédate absolutamente tranquilo y solo. El mundo se te brindará para que lo desenmascares, no puede hacer otra cosa, embelesado se plegará ante ti.

»Dass es uns an Glauben fehle, kann man nicht sagen. Allein die einfache Tatsache unseres Lebens ist in ihrem Glaubenswert gar nicht auszuschöpfen.«

»Hier wäre ein Glaubenswert? Man kann doch nicht nicht-leben.«

»Eben in diesem ‹kann doch nicht› steckt die wahnsinnige Kraft des Glaubens; in dieser Verneinung bekommt sie Gestalt.«

———

Es ist nicht notwendig, dass Du aus dem Haus gehst. Bleib bei Deinem Tisch und horche. Horche nicht einmal, warte nur. Warte nicht einmal, sei völlig still und allein. Anbieten

wird sich Dir die Welt zur Entlarvung, sie kann nicht anders,
verzückt wird sie sich vor Dir winden.

•

El primer texto fue anotado el 26 de febrero de 1918. El segundo, que data de fines de agosto de 1920, lo copió Kafka de un legajo de anotaciones posteriores y lo añadió en el papelito.

En los cuadernos en octavo de Zürau se hallan varios fragmentos dialogados, pero el aforismo 109 es el único formulado como diálogo. Puede deducirse cómo llegó Kafka a esta decisión si tenemos en cuenta dos versiones previas de este aforismo que se encuentran en el cuaderno en octavo y no tienen forma de diálogo.

Kafka hizo tantas correcciones en la primera versión que el texto quedó casi ilegible y se vio obligado a copiarlo de nuevo para seguir corrigiéndolo: «A cada persona se le plantean en este mundo dos cuestiones de fe, la primera es si la vida es digna de esta fe, y la segunda, si su meta es digna de fe. A ambas preguntas responden todos, por el mero hecho de sus vidas, tan firme y decididamente con un "sí" que podría dudarse de que entiendan las preguntas. En cualquier caso, hay que abrirse paso a través de ese sí fundamental...».

La anotación quedó incompleta. Posiblemente Kafka dio en este punto con el pensamiento de introducir a dos interlocutores anónimos, lo que permite mostrar con mayor agudeza los dos niveles de reflexión: el sí a la vida (el «sí-fundamental») y el «abrirse paso» consciente hasta la causa de ese impulso.

Este aforismo confirma una vez más que la «fe» puede permanecer inconsciente o, cuando menos, descansar sobre fundamentos inconscientes (véase el aforismo 50). La «fe» o la «creencia» en el sentido de Kafka no significa lo mismo que la fe en sentido religioso, sino más bien una «entrega apasionada» o una «completa identificación». Kafka valoraba mucho esta capacidad de creer firmemente en algo con independencia del contenido de la fe. Así, en 1914 anotó en su diario: «Carlsbad [el balneario donde se encontraba] es un fraude mayor que Lourdes, y Lourdes tiene la ventaja de que la gente va allí movida por su más íntima fe». (Sobre el uso de términos religiosos, véase también el aforismo 106).

En el segundo texto, Kafka había escrito inicialmente: «Ni siquiera escuches, sólo espera hasta que te resulte insoportable». Al copiarlo en el papelito lo cambió por: «Ni siquiera escuches, sólo espera». El giro asombroso, el hecho sorprendente de que el mundo se nos brinde para que los desenmascaremos, se traslada a la última frase, sin duda para aumentar el efecto dramático.

La clave de este aforismo es que Kafka recomienda la contemplación, una actitud simplemente meditativa, en vez de la reflexión, aunque «desenmascarar» sea una actividad reflexiva e intelectual. Aun así, para adoptar una actitud de observación del mundo sensible primero es necesario desvincularse de él y de nuestras herramientas de conocimiento, por ejemplo, del lenguaje (véase al respecto el aforismo 57).

Puede leerse como una autoadmonición, pero también como una guía para el lector que busca agudizar la propia conciencia. Seguramente, no es casual que Kafka lo añadiera precisamente al final de sus papelitos, como una suerte de epílogo a la colección de aforismos en caso de publicarse.

ABREVIATURAS
DE LOS MANUSCRITOS Y LAS OBRAS
DE FRANZ KAFKA

8° O × 7   *Oxforder Oktavheft 7* [Cuaderno en octavo número 7, edición de Oxford], en: *Historisch-Kritische Ausgabe sämtlicher Handschriften, Drucke und Typoskripte* [edición crítica de todos los manuscritos, las obras impresas y los escritos mecanografiados], ed. Roland Reuß y Peter Staengle, Fráncfort del Meno-Basilea, Stroemfeld-Roter Stern, 2011.

8° O × 8   *Oxforder Oktavheft 8* [Cuaderno en octavo número 8, edición de Oxford], *Historisch-Kritische Ausgabe sämtlicher Handschriften, Drucke und Typoskripte* [edición crítica de todos los manuscritos, las obras impresas y los escritos mecanografiados], ed. Roland Reuß y Peter Staengle, Fráncfort del Meno-Basilea, Stroemfeld-Roter Stern, 2011.

B1   *Briefe* [Cartas] *1900-1912*, ed. Hans-Gerd Koch, Fráncfort del Meno, Fischer, 1999.

B3   *Briefe* [Cartas] *1914*, ed. Hans-Gerd Koch, Fráncfort del Meno, Fischer, 2001.

B3   *Briefe* [Cartas] *1914-1917*, ed. Hans-Gerd Koch, Fráncfort del Meno, Fischer, 2001.

B4   *Briefe* [Cartas] *1918-1920*, ed. Hans-Gerd Koch, Fráncfort del Meno, Fischer, 2001.

D   *Drucke zu Lebzeiten* [Publicaciones en vida de Kafka], ed. Wolf Kittler, Hans-Gerd Koch y Gerhard Neumann, Fráncfort del Meno, Fischer, 1994.

NSF1   *Nachgelassene Schriften und Fragmente 1* [Escritos inéditos y fragmentos], ed. Jost Schillemeit, Fráncfort del Meno, Fisher, 1993.

NSF2 *Nachgelassene Schriften und Fragmente II* [Escritos inéditos y fragmentos], ed. Jost Schillemeit, Fráncfort del Meno, Fisher, 1992.

P *Der Process* [El proceso], ed. Malcolm Pasley, Fráncfort del Meno, Fisher, 1990.

S *Das Schloss* [El castillo], ed. Malcolm Pasley, Fráncfort del Meno, Fisher, 1982.

T *Tagebücher* [Diarios], ed. Hans-Gerd Koch, Michael Müller y Malcolm Pasley, Fráncfort del Meno, Fisher, 1990.

EDICIONES EN ESPAÑOL:

Ante la ley. Escritos publicados en vida, pról. Jordi Llovet, trad. Juan José del Solar, Barcelona, Debolsillo, 2012.

Cartas 1900-1914, en: *Obras completas IV*, ed. Jordi Llovet, trad. Adan Kovacsics, Barcelona, Galaxia Gutenberg, 2018.

Carta al padre, ed. Ignacio Echevarría, trad. Joan Parra, Barcelona, Debolsillo, 2014.

Diarios, pról. Jordi Llovet, trad. Joan Parra y Andrés Sánchez Pascual, Barcelona, Debolsillo, 2010.

El castillo, ed. Ignacio Echevarría, trad. Miguel Sáenz, Barcelona, Debolsillo, 2004.

El proceso, pról. y notas Jordi Llovet, trad. Miguel Sáenz, Barcelona, Debolsillo, 2012.

El silencio de las sirenas. Escritos y fragmentos póstumos, pról. Jordi Llovet, trad. Juan José del Solar, Joan Parra Contreras y Adan Kovacsics, Barcelona, Debolsillo, 2012.

Cartas a Felice, trad. Pablo Sorozábal, Madrid, Nórdica, 2014, ed. digital.

Cartas a Milena, trad. Carmen Gauger, Madrid, Alianza, 2015.

NOTAS BIBLIOGRÁFICAS

El número indica el aforismo.

1. NSF2 30, 113 / 8° 0 × 7 8.
   Das Jüdische Echo [El eco judío], Múnich, n.° 38, 21 de septiembre de 1917, p. 423. NSF2 48, 55, 105, 112 / 8° 0 × 7 72, 95, 8° 0 × 8 88-91, 111. – Carta a Robert Klopstock, 24 de julio de 1922 (Franz Kafka, *Briefe* [Cartas] *1902-1924*, ed. Max Brod, Fráncfort del Meno, Fischer, 1975, p. 398). El fragmento en prosa «Un comentario» data de entre mediados de noviembre y mediados de diciembre de 1922.

2. NSF2 32, 113 / 8° 0 × 7 16.
   Carta de Felix Weltsch a Kafka, tercera semana de octubre de 1917 (B3 762 ss.). Carta a Felix Weltsch, 19-21 de octubre de 1917 (B3 353 ss.). – *Die literarische Welt* [El mundo literario], Berlín, 4 de junio de 1926 (suplemento dedicado a Kafka con ocasión del segundo año de su muerte).

3. NSF2 32 s., 113 / 8° 0 × 7 19.
   Tarjeta postal a Felice Bauer, *Cartas a Felice*, 10 de septiembre de 1916 (B3 219). – NSF2 65, 72, 73, 77, 78 / 8° 0 × 7 124, 140, 140-143, 156, 159 s.

4. NSF2 33 s., 114 / 8° 0 × 7 23. NSF1 309.
   Sobre el cazador Gracchus, *El silencio de las sirenas*, p. 134.

5. NSF2 34, 114 / 8° 0 × 7 23.
   Diarios, 19 de enero de 1922, p. 541 (T 88).

6. NSF2 34, 114 / 8° 0 × 7 23s.
   Carta a Max Brod, 6 de noviembre de 1917 (B3 360).

7. NSF2 34 s., 114 / 8° 0 × 7 24-26.
   NSF2 48 s., 57, 66, 73 / 8° 0 × 7 75, 100, 124, 144.

8/9. NSF2 37, 115 / 8° 0 × 7 36.

10. NSF2 39, 115 / 8° 0 × 7 43 s.
NSF2 38, 48 / 8° 0 × 7 39 s., 75. – Sobre Sancho Panza, *El silencio de las sirenas*, p. 176; *Diarios*, 9 de julio de 1912, p. 643 (T 426). – NSF2 104 / 8° 0 × 8 87.

11/12. NSF2 115 s., NSF2, volumen de comentarios 205 / 8° 0 × 7 44.
Cartas a Milena, 13 de agosto de 1920, p. 141 (B4 308 s.).

13. NSF2 43, 116 / 8° 0 × 7 63.
Diarios, 22 de julio de 1916, pp. 480-481 (T 800 s.). – NSF2 76 / 8° 0 × 7 155. – *Diarios*, 13 de enero y 19 de febrero de 1920 y 21 de octubre de 1921, pp. 519, 526, 533 (T 849, 859, 869).

14. NSF2 44, 116 / 8° 0 × 7 63 s.
NSF2 44 / 8° 0 × 7 64. – *Diarios*, antes del 13 de julio de 1916, p. 477 (T 795): la mencionada muchacha («la suiza de Riva») de la que se enamoró en Riva vivía en Italia; Riva pertenecía todavía a Austria-Hungría.

15. NSF2 44, 117 / 8° 0 × 7 64.

16. NSF2 44, 117 / 8° 0 × 7 64.

17. NSF2 45, 117 / 8° 0 × 7 67.
NSF2 49 / 8° 0 × 7 76. – NSF2 57 / 8° 0 × 7 100. – Carta a Max Brod, en torno al 5 de marzo de 1918 (B4 31). – Carta a Oskar Baum, finales de marzo – principios de abril de 1918 (B4 38). – *Diarios*, 24 de enero de 1922, p. 545 (T 889).

18. NSF2 45, 117 / 8° 0 × 7 67.
Micha Josef bin Gorion, *Die Sagen der Juden* [Las sagas de los judíos], vol. II: *Die Erzväter* [Los patriarcas], Fráncfort del Meno, Rütten und Loening, 1914, p. 61 ss. – Tarjeta postal a Max Brod, 29 de agosto de 1917 (B3 310). – NSF2 484.

19. NSF2 45, 117 / 8° 0 × 7 67 s.
Carta a Max Brod, 14 de septiembre de 1917 (B3 319).

20. NSF2 46, 117 / 8° 0 × 7 68.
   Diarios, 2 de junio de 1916, p. 473 (T 788). Véase la obra de
   Söderblom, 1.ª edición, Leipzig, 1916, p. 117.

21. NSF2 46, 118 / 8° 0 × 7 68.
   Carta a Max Brod, 27 de mayo de 1910 (BI 121 s.). – NSF2
   31 / 8° 0 × 7 11.

22. NSF2 46, 118 / 8° 0 × 7 68.
   Carta a Max Brod, 14 de septiembre de 1917 (B3 319). – NSF2
   71 / 8° 0 × 7 136. – *Diarios*, 21 de enero de 1922, p. 542
   (T 884).

23. NSF2 46, 118 / 8° 0 × 7 71.
   Carta a Max Brod, 7 u 8 de octubre de 1917; véase la carta de
   Brod a Kafka del 4 de octubre de 1917 (B3 342, 753 s.). –
   NSF2 153 s. (*Carta al padre*, p. 42).

24. NSF2 46, 118 / 8° 0 × 7 71.
   Diarios, otoño de 1910, p. 35 (T 118). – NSF2 98, 8° 0 × 8 64. –
   Carta a Max Brod, 5 de julio de 1922 (Max Brod y Franz
   Kafka, *Eine Freundschaft. Briefwechsel* [Una amistad. Co-
   rrespondencia], ed. Malcolm Pasley, Fráncfort del Meno,
   Fisher, 1989, pp. 377, 378 s.).

25. NSF2 47, 118 / 8° 0 × 7 71.
   Cartas a Felice, 16 y 17 de marzo de 1913 (B2 137). – *Diarios*,
   15 de marzo de 1922, p. 560 (T 912).

26. NSF2 47, 118, 322 / 8° 0 × 7 71 / 8° 0 × 8 141.
   Carta a Max Brod, 6 de noviembre de 1917 (B3 360). – *Diarios*, 28 de septiembre de 1915, p. 450 (T 755).

27. NSF2 47, 119 / 8° 0 × 7 71.

28. NSF2 48, 119 / 8° 0 × 7 75.

29. NSF2 48, 119, 344 / 8° 0 × 7 75 / 8° 0 × 8 144.
   Diarios, 7 de febrero de 1915, pp. 431-432 (T 725). – *Cartas
   a Milena*, 3 de noviembre de 1920, p. 173 (B4 366). – *Diarios*, 16 de octubre de 1916, p. 485 (T 805).

30. NSF2 49, 119 / 8° 0 × 7 76. NSF2 48 / 8° 0 × 7 75. – NSF2 73 / 8° 0 × 7 144.

31. NSF2 50 S. 119 S. / 8° 0 × 7 80.
Diarios, 16 de octubre de 1916, p. 485 (T 805). – Carta a Max Brod, 10 de diciembre de 1917 (B3 379).

32. NSF2 51, 120 / 8° 0 × 7 80-83.
Cartas a Felice, 26 de noviembre de 1912 (B1 273). La vista tuvo lugar en el juzgado de distrito de Kratzau, cerca de Reichenberg. El disgusto de Kafka lo causó el hecho de que, por culpa de ese viaje de trabajo, tuvo que interrumpir la redacción de La transformación. – s. 17.

33. NSF2 51, 120 / 8° 0 × 7 83.
NSF2 52 S. / 8° 0 × 7 88. [La cita sobre el celibato y el suicidio procede de la amplia selección de aforismos dispersos en escritos póstumos y diarios: Aforismos, pról. Jordi Llovet, trad. Adan Kovacsics, Joan Parra y Andrés Sánchez Pascual, Barcelona, Debolsillo, 2012, p. 64].

34. NSF2 51, 120 / 8° 0 × 7 83.
Carta a Max Brod, 14 de septiembre de 1917 (B3 320). – «El nuevo abogado» se publicado como primer relato en la antología Un médico rural (1920), pero había aparecido ya a mediados de septiembre de 1917 en la revista Marsyas (Berlín), en la época en que Kafka se trasladó a Zürau. – Carta a Käthe Nettel, 24 de noviembre de 1919 (B4 90).

35. NSF2 52, 120 / 8° 0 × 7 84-87.
Carta a Felix Weltsch, entre el 19 y el 21 de octubre de 1917 (B3 353).

36. NSF2 52, 120 S. / 8° 0 × 7 87.
Diarios, 28 de septiembre de 1915, p. 450 (T 755). – Carta a Oskar Baum, mediados de junio, 1920 (B4 182). – Diarios, 15 de octubre de 1921, p. 539 (T 863).

37. NSF2 52, 121 / 8° 0 × 7 87 S.
NSF2 55 / 8° 0 × 7 95.

38. NSF2 53, 121 / 8° 0 × 7 88.
NSF1 309 (*El silencio de las sirenas*, p. 135) – Carta a Max
Brod, 14 de septiembre de 1917 (B3 320). – NSF2 78 / 8°
0 × 7 159.

39. NSF2 53, 121, 322 / 8° 0 × 7 88 / 8° 0 × 8 141.
Gustav Janouch, *Gespräche mit Kafka, Aufzeichnungen und
Erinnerungen*, edición ampliada, Fráncfort del Meno, Fis-
cher, 1968, p. 60. – NSF2 31 / 8° 0 × 7 12-15.

39a. NSF2 53, 121 / 8° 0 × 7 91.
Carta a Felice Bauer, 16 de julio de 1916 (B3 176). – Carta
a Milena Jesenská, en torno al 12 de mayo de 1920 (B4 135).

40. NSF2 54, 122 / 8° 0 × 7 91.
NSF2 62 / 8° 0 × 7 116. – El fragmento que comienza con
estas palabras «Era verano, un día caluroso» no lleva título en el original (NSF 1 361-363; *El silencio de las sirenas*,
p. 156). – *Diarios*, 29 de enero de 1922, p. 550 (T 896).

41. NSF2 54, 122 / 8° 0 × 7 92.
Diarios, 21 de agosto de 1913, p. 300 (T 568-570). *Cartas a
Felice*, 29 de diciembre de 1913 (B3 310).

42. NSF2 54, 122 / 8° 0 × 7 92.
Carta a Max Brod, 28 de agosto de 1904 (B1 40). – *Diarios*,
5 de noviembre de 1911, p. 148 (T 226). La observación se
refiere a un texto literario de Kafka sobre un accidente de
automóvil presenciado en París; Max Brod leyó esta «historia» en voz alta en presencia de Kafka. D 53. – S 15 (*El
castillo*, p. 20).

43. NSF2 55, 122 / 8° 0 × 7 95 s.
Carta a Minze Eisner, mediados de enero de 1920 (B4 96).
Diarios, 16 de enero de 1922, pp. 538-539 (T 878). NSF1 311,
309. – NSF2 26 s. – Tarjeta postal a Robert Klopstock, 13
de julio de 1923 (Franz Kafka, *Briefe* [Cartas] *1902-1924*,
ed. Max Brod, Fráncfort del Meno, Fischer, 1975, p. 435).

44. NSF2 56, 122 / 8° 0 × 7 96.

45. NSF2 56, 123 / 8° 0 × 7 96.
Carta a Max Brod, 18 de septiembre de 1917 y 26-27 de marzo de 1918 (B3 324, B4 33).

46. NSF2 56, 123 / 8° 0 × 7 96.
Diarios, 4 de julio de 1915; 24 de noviembre de 1911, pp. 443, 174 (T. 743, 266). *Cartas a Felice*, 27 y 28 de diciembre de 1912 (B1, 366).

47. NSF2 56, 123 / 8° 0 × 7 69-99.
D 252. P 101 ss. S. 408 ss. (La cita de «El nuevo abogado» procede de *Ante la ley*, p. 167).

48. NSF2 57, 123 / 8° 0 × 7 99.
NSF 2 455 (*El silencio de las sirenas*, p. 287).

49. NSF2 57, 123 / 8° 0 × 7 99 s.
D 356, 355.

50. NSF2 58, 124 / 8° 0 × 7 100.

51. NSF2 58, 124 / 8° 0 × 7 103.
NSF2 65 / 8° 0 × 7 124. − NSF2 73 / 8° 0 × 7 140-143. − NSF2 75 / 8° 0 × 7 152. − NSF2 42 / 8° 0 × 7 55 s.

52. NSF2 58, 124 / 8° 0 × 7 103.
Diarios, 16 de enero de 1922, p. 539 (T 878).

53. NSF2 58, 124 / 8° 0 × 7 103.
Carta a Max Brod, 14 de noviembre de 1917 (B3 362 s.).

54. NSF2 59, 124, 322 / 8° 0 × 7 103 / 8° 0 × 8 143.

55. NSF2 59, 125 / 8° 0 × 7 103 s.

56. NSF2 59, 125 / 8° 0 × 7 107.

57. NSF2 59, 126 / 8° 0 × 7 107. NSF2 50, 126 / 8° 0 × 7 80.

58. NSF2 60, 126 / 8° 0 × 7 107.
Diarios, 30 de agosto de 1913, p. 307 (T 581). *Cartas a Milena*, 26 de noviembre de 1920, p. 177 (B4 373).

59. NSF2 60, 126 / 8° 0 × 7 111.

60. NSF2 61, 126 / 8° o × 7 112.

61. NSF2 61, 126 s. / 8° o × 7 112.
NSF2 61 / 8° o × 7 111 s.

62. NSF2 61, 127 / 8° o × 7 115.
Max Brod, *Über Franz Kafka* [Sobre Franz Kafka], Fráncfort del Meno, Fischer, 1974, p. 71.

63. NSF2 62, 127 / 8° o × 7 115.
NSF2 57 s. / 8° o × 7 148. Carta a Max Brod, 22-24 de octubre de 1923 (Max Brod y Franz Kafka, *Eine Freundschaft. Briefwechse, op. cit.*, p. 435).

64. NSF2 62, 127 / 8° o × 7 115 s.
NSF2 62 / 116.

66. NSF2 63, 127 s. / 8° o × 7 119s.

67. NSF2 64, 128 / 8° o × 7 123.
Cartas a Felice, 8-16 de junio de 1913 (B2 209).

68. NSF2 65, 128 / 8° o × 7 123.
Diarios, 1.° de febrero de 1922, p. 552 (T 899).

69. NSF2 65, 128 / 8° o × 7 123.
NSF2 55 / 8° o × 7 95. – Carta a Max Brod, 6 de agosto de 1920 (B4 285); *Cartas a Felice*, 9 de marzo de 1913 (B 2 127).

70/71. NSF2 66, 128 / 8° o × 7 124.
NSF2 55 / 8° o × 7 95.

72. NSF2 66, 129 / 8° o × 7 127.

73. NSF2 67, 129 / 8° o × 7 127.

74. NSF2 67, 129 / 8° o × 7 128.
NSF2 72 / 8° o × 7 139.

75. NSF2 67, 129 / 8° o × 7 128.

76. NSF2 68, 129, 279 / 8° o × 7 128 / 8° o × 8 138.
Max Brod, *Über Franz Kafka, op. cit.*, p. 147. Según los dia-

rios inéditos de Brod la carta de Kafka data del 26 de diciembre de 1917.

77. NSF2 68, 130 / 8° 0 × 7 128.
Diarios, 9 de diciembre de 1913, p. 324 (T 608). – NSF2 42 / 8° 0 × 7 55 s. – Diarios, 7 de noviembre de 1921, 16 de enero de 1922, 9 de marzo de 1922, pp. 536, 538, 559 (T 874, 877, 910).

78. NSF2 68, 130 / 8° 0 × 7 128.
NSF2 105 / 8° 0 × 7 88-91.

79. NSF2 68, 130 / 8° 0 × 7 131.
Carta a Max Brod, 20 de enero de 1918 (B4 23). – Cartas a Milena, 9 de agosto de 1920, pp. 105-106 (B4 297 s.).

80. NSF2 69, 130 / 8° 0 × 7 131.
NSF2 48 / 8° 0 × 7 75. – NSF2 73 / 8° 0 × 7 144. – Carta a Max Brod, 20 de julio de 1922 (Max Brod y Franz Kafka, Eine Freundschaft. Briefwechsel, op. cit., p. 390).

81. NSF2 69, 130 s. / 8° 0 × 7 132.
Tarjeta postal a Willy Haas, 19 de julio de 1912 (B1 162).

82. NSF2 71, 131 / 8° 0 × 7 136-139.
Génesis 3, 22 s., Nácar y Colunga, Madrid, BAC, 1948.

83. NSF2 72, 131 s. / 8° 0 × 7 139.
NSF2 83 s. / 8° 0 × 8 16-19.

84. NSF2 72, 131 s. / 8° 0 × 7 139 s.
NSF2 72 s. / 8° 0 × 7 139 s.

85. NSF2 74, 132 / 8° 0 × 7 144.

86. NSF2 74 s, 132 s. / 8° 0 × 7 147-152.

87. NSF2 76, 133 / 8° 0 × 7 148.

88. NSF2 76, 133 / 8° 0 × 7 155.
Carta a Max Brod, 28 de septiembre de 1917 (B3 331). Diarios, 28 de septiembre de 1917, p. 506 (T8 39).

90. NSF2 78, 133 / 8° 0 × 7 156-159.
Cartas a Felice, 15 de mayo de 1913 (B2 189); *Cartas a Milena*, 18 de julio de 1920, p. 83. (B4 233).

91. NSF2 78, 133 / 8° 0 × 7 159.

92. NSF2 79, 134 / 8° 0 × 8 4.

93. NSF2 81, 134 / 8° 0 × 8 8.
Briefe von un dan J. M. R. Lenz [Cartas de y a J. M. R. Lenz], 2 vols., ed. Karl Freye y Wolfgang Stammler, Leipzig, Kurt Wolff, 1918. – NSF2 100 / 8° 0 × 8 72. – NSF2 35 / 8° 0 × 7 16 (Anotación del 19 de octubre de 1917). – Carta a Max Brod, 14 de noviembre de 1917 (B4 364 s.).

94. NSF2 81, 134 / 8° 0 × 8 8.
NSF2 99 / 8° 0 × 8 68-71. – *Diarios*, 3 de enero, 1912, p. 221 (T 341).

95. NSF2 81, 134 / 8° 0 × 8 8-11.
La entrada del diario de Brod data del 3 de julio de 1918 (el trigésimo quinto cumpleaños de Kafka). Citada en Max Brod, *Über Franz Kafka*, *op. cit.*, p. 149.

96. NSF2 81, 135 / 8° 0 × 8 11.

97. NSF2 83, 135 / 8° 0 × 8 15.
Carta a Max Brod del 26 o 27 de marzo de 1918 (B4 34).

98. NSF2 84, 135 / 8° 0 × 8 19.

99. NSF2 89, 135 s., 253 / 8° 0 × 8 32-35, 134-137 s.
NSF2 88 s. / 8° 0 × 8 32. – NSF2 62 / 8° 0 × 7 116.

100. NSF2 93, 136 / 8° 0 × 8 47 s.

101. NSF2 93, 136 / 8° 0 × 8 48.
NSF2 66 / 8° 0 × 7 124. – NSF2 48 / 8° 0 × 7 75.

102. NSF2 93 s., 137 / 8° 0 × 8 48-51.
Carta a Max Brod, hacia el 5 de marzo de 1918 (B4 30). – NSF2 87 / 8° 0 × 8 28.

103. NSF2 94, 137 / 8° 0 × 8 52. NSF2 83 / 8° 0 × 8 12.

104. NSF2 94 S., 137 S. / 8° 0 × 8 55 S.
Carta a Max Brod, 26 o 27 de marzo de 1918 (T 33). – Gustav Janouch, *Gespräche mit Kafka, Aufzeichnungen und Erinnerungen*, *op. cit.*, p. 125.

105. NSF2 95 S., 137 S. / 8° 0 × 8 56-59.
Gustav Janouch, *Gespräche mit Kafka, Aufzeichnungen und Erinnerungen*, *op. cit.*, p. 100 (*Conversaciones con Kafka*, trad. Rosa Sala, Barcelona, Destino, 2006, s. p.).

106. NSF2 96, 138 S., 253 / 8° 0 × 8 59 S., 137.
Diarios, 18 de febrero de 1920, p. 525 (T 859).

107. NSF2 101, 139 / 8° 0 × 8 76.

108. NSF2 101, 139 / 8° 0 × 8 76-79.

109. NSF2 102 S., 139 S., 254 / 8° 0 × 8 80-83, 137.
NSF2 102 / 8° 0 × 8 80. – *Diarios*, 2 de febrero de 1914, p. 340 (T 632).

BIBLIOGRAFÍA ESCOGIDA SOBRE LOS «AFORISMOS» DE KAFKA

A) LIBROS

ALT, Peter-André, *Franz Kafka. Der Ewige Sohn*, Múnich, C. H. Beck, 2005, pp. 460-469.

BINDER, Hartmut (ed.), *Kafka-Handbuch in zwei Bänden. Das Werk und seine Wirkung*, vol. 2, Stuttgart, Kröner, 1979, pp. 474-497.

CITATI, Pietro, *Kafka. Verwandlungen eines Dichters*, Múnich, Piper, 1990, pp. 182-206. [Existe traducción en español: *Kafka*, trad. José Ramón Monreal, Barcelona, Acantilado, 2012].

DIETZFELBINGER, Konrad, *Kafkas Geheimnis. Eine Interpretation von Franz Kafkas Betrachtungen über Sünde, Leid, Hoffnung und den wahren Weg*, Friburgo de Brisgovia, Aurum, 1987.

ENGEL, Manfred y Bern Auerochs (ed.), *Kafka-Handbuch. Leben – Werk – Wirkung*, Stuttgart-Weimar, Metzler, 2010, pp. 281-292.

GRAY, Richard, *Constructive Deconstruction. Kafka's Aphorisms: Literary Tradition and Literary Transformation*, Tubinga, Max Niemeyer & Co., 2010 (reimp. de la 1.ª ed. de 1987).

HOFFMANN, Werner, *Kafkas Aphorismen*, Berna-Múnich, Francke, 1975. [Existe traducción en español: *Aforismos*, pról. Jordi Llovet, trad. Adan Kovacsics, Joan Parra y Andrés Sánchez Pascual, Barcelona, Debolsillo].

NORTH, Paul, *The Yield. Kafka's Atheological Reformation*, Redwood City, Stanford University Press, 2015.

ROBERTSON, Ritchie, *Kafka. Judentum, Gesellschaft, Literatur*, Stuttgart, Springer, 1988, pp. 244-283.

STACH, Reiner, Kafka. Die *Jahre der Erkenntnis*, Fráncfort del Meno, Fischer, 2008, pp. 245-268. [Existe traducción en español: *Kafka. Los primeros años; Los años de las decisiones; Los años del conocimiento*, 2 vols., trad. Carlos Fortea, Barcelona, Acantilado, 2016].

b) ARTÍCULOS

CAVAROCCHI ARBIB, Maria, «Jüdische Motive in Kafkas Aphorismen», en: Karl Erich Grözinger, Stéphane Mosès y Hans Dieter Zimmermann (ed.), *Kafka und das Judentum*, Fráncfort del Meno, Judischer Verlag bei Athenaum, 1987, pp. 122-146.

GRAY, Richard, «The Literary Sources of Kafka's Aphoristic Impulse», *The Literary Review*, 26, 1983, pp. 537-550.

—, «Suggestive Metaphor. Kafka's Aphorisms and the Crisis of Communication», *Deutsche Vierteljahresschrift für Literaturwissenschaft und Geistesgeschichte*, 58, 1984, pp. 454-469.

KASZYŃSKI, Stefan H., «Kafkas Kunst des Aphorismus», en: *Id., Österreich und Mitteleuropa. Kritische Seitenblicke auf die neuere österreichische Literatur*, Poznan, Wydawnictwo Naukowe UAM, 1975, pp. 73-105.

—, «Die Realität der Symbole im Aphorismenwerk von Franz Kafka», en: *Id., Kleine Geschichte des österreichischen Aphorismus*, Tubinga-Basilea, Francke, 1999, pp. 93-102.

KRYSTOFIAK, Maria, «Kafkas Aphorismen im Dialog mit Kierkegaard», en: Sigurd Paul Scheichl (ed.), *Feuilleton – Essay – Aphorismus. Nichtfiktionale Prosa in Österreich*, Innsbruck, Innsbruck University Press, 2008, pp. 161-171.

LAWSON, Richard H., «Kafka and Canetti. The Art of Writing, as Mediated by Aphorism», en: Frank Philipp (ed), *The Leg-*

acy of Kafka in Contemporary Austrian Literature, Riverside, Ariadne, 1997, pp. 31-42.

MILFULL, Helen, «The Theological Position of Franz Kafka's Aphorisms», *Seminar*, 18, 1982, pp. 169-183.

ROBERTSON, Ritchie, «Kafka's Zürau-Aphorisms», *Oxford German Studies*, 14, 1983, pp. 73-91.

—, «Kafka as Anti-Christian: *Das Urteil, Die Verwandlung,* and the Aphorisms», en: James Rolleston (ed.), *A Companion to the Works of Franz Kafka*, Nueva York, Camden House, 2002, pp. 101-122.

SANDBANK, Shimon, «Surprise Technique in Kafka's Aphorisms», *Orbis litterarum,* 25, 1970, pp. 261-274.

SEDELNIK, Wladimir, «Franz Kafkas Aphorismen und das (post)moderne Denken», en: Wolfgang Kraus y Norbert Winkler (ed.), *Das Phänomen Franz Kafka. Vorträge des Symposions der Österreichischen Franz Kafka-Gesellschaft in Klosterneuburg 1995*, Praga, Vitalis, 1997, pp. 59-73.

TOPA, Maria Helena, «Notas para estudio da aforística de Franz Kafka. Perspectivismo e ficcionalidade», *Runa*, 13-14, 1990, pp. 81-87.

WELTSCH, Felix, «Kafkas Aphorismen», *Deutsche Hefte*, 1, 1954-1955, pp. 307-312.

ESTA REIMPRESIÓN, PRIMERA, DE
«TÚ ERES LA TAREA», DE FRANZ KAFKA,
SE TERMINÓ DE IMPRIMIR EN
CAPELLADES EN EL
MES DE JUNIO
DEL AÑO
2024